荒人手記

朱天文

文学森林系列
lf
0006
新經典文化
ThinKingDom

朱天文／2008 年

朱天文

一九五六年八月生於高雄鳳山，祖籍山東臨朐。淡江大學英文系畢業。十六歲發表第一篇小說，大學時期開辦《三三集刊》，畢業不久即創辦三三書坊，任發行人。一九八二年因獲獎小說於報上刊出而結識陳坤厚與侯孝賢，從此和電影結下不解緣，長期與侯孝賢合作編寫電影劇本，三度獲得金馬獎最佳改編劇本獎及最佳原著劇本獎。文學創作不輟，為臺灣當代重要小說家，曾獲聯合報第一屆小說獎第三名、中國時報第五屆時報文學獎甄選短篇小說優等獎，一九九四年更以《荒人手記》獲第一屆時報文學百萬小說獎首獎。

目次

新版序

朱天文

前年五月，簡體字版的《荒人手記》終於出版。終於，是因為自從一九九九年開始有大陸出版社提報此書以來，歷經十年一直沒有准，乃至打印稿都三校了只好轉贈給我當做紀念。故而再有邀書，我就說哪家報准哪家出吧，亦居然准了，編輯又驚又喜把審准意見寄給我當做奇蹟共享，我看了讚歎，真是歷史文獻。

去年秋天此書與時報出版的約再次到期，書總是跟著相信書、愛戀書的編輯走，葉美瑤剛成立新出版社，創業維艱，她卻比我還相信這本書，所以書不跟她又跟誰呢。

十七年前的舊作，這次改版新出，撤走了當年〈第一屆「時報文學百萬小說獎」決審會議記實〉有關《荒人手記》的部分，以及施淑和東年兩位評審的決審意見。我想編輯的意思是讓此書脫離當年嚇人獎金的話題情境，讓它更像是一本書較為長久的樣子。

然後編輯加入了兩篇文章，〈廢墟裡的新天使〉和〈來自遠方的眼光〉，是英譯本出版時我去紐約新書發表會的說話稿，以及美國幾個大學東亞系上所做的演講。那是《荒人手記》出版之後五年的事，在王德威主持的臺灣當代小說英譯計劃下譯出，那一系列小說譯本，如今看來真可謂義舉、壯舉，自王德威離開哥大去了哈佛，後繼無人這個計劃遂告停止。

由於英譯本，我有幸上個世紀的最後一年曾在紐約停留十天。曾在曼哈頓南邊的西堤傻坐，遠望對岸平淡的城市天際線，最醒目竟是一個圓形鐘面，目視去，遙隔暮寒河闊也見得著鐘面上的指針，我記得自己的聲音不知說給誰聽的，所以那個時間我不曾忘記：「八點十分。」霞色迤邐，寶藍的天空，有直升機飛過亮晶晶的像一枚胸針。我們避寒躲往身後廣場建築物裡，滿滿、滿滿全是下了班的華爾街靚男靚女在吃喝聊天。比鄰一座玻璃花房式大廈，六棵棕櫚樹聳入高頂，粉紅花崗岩地階走上去，回首望外是剛才的寶藍天與河，近得像佈景，像歌劇舞臺，像拉斯維加斯。仰頭玻璃房頂外，赫然就見世貿雙塔巨鑽如科幻城的俯瞰我們。當然，我乖乖做一名觀光客登上了塔。驕傲的塔一百零七層數秒鐘即到，換三階層手扶梯至頂，圓月當空。因為黑夜，縱深距離泯滅掉，塔頂疑若平地，人是可以走出去的，紐約夜景整個像一盤無際的珠寶，而人可以跨步走進去。我如此詳細記錄，因為很快，雙塔就在全世界人眼前秀一場爆破特效般，解體於地。

那時我抵達的紐約，感覺好似臺灣股市破萬漲到一萬兩千點時候的八〇年代末，遍地開花的餐飲空間（不是店是空間，一如此書十一章所羅列的店名），滿滿、滿滿全是人。「臺灣發了！」歸國僑胞說。而臺灣人那時說：「美國土包子。」

世紀最後一年的紐約，道瓊指數漲破萬點，我會記得這個，是因為在最文藝氣息濃厚的起居室聚談中，朋友閃去客廳開電視看了一眼股票。而臺灣的世紀交替時，與之對照，蕭條又狂熱，大家都想變天。

爾時至今，臺灣已歷經兩次政黨輪替，唉經濟奇蹟後亦政治奇蹟囉，大家苦笑著。

我說這些，由於《荒人手記》改版新出，一起過來的老讀者們很知道我在說什麼。至於新讀者，有新讀者嗎？我訝嗟此書寫成時作者三十八歲，簡體字版的書腰帶廣告作者是、

眼界大千皆淚海
為誰惆悵為誰顰

弘一法師的詩。但我現在想，眾生哪有那麼多淚呀。

二〇一一年一月

荒人手記

1

這是頹廢的年代，這是預言的年代。我與它牢牢的綁在一起，沉到最低，最底了。我以我赤裸之身做為人界所可接受最敗倫德行的底線。在我之上，從黑暗到光亮，人慾縱橫，色相馳騁。在我之下，除了深淵，還是深淵。但既然我從來沒有相信過天堂，自然也不存在有地獄。是的在我之下，那不是魔界。那只是，只是永遠永遠無法測試的，深淵。

止於此，止於我。經上說，不可試探主你的神，到此為止。

我已來到四十歲人界的盛年期，可是何以我已歷經了生老病死一個人類命定必須經過的全部行程，形同槁木。

有誰說，養心如槁木死灰，又使槁木如萌芽。我卻不是。我也不是弘一法師那樣，他用他前半生繁華旖旎的色境做成水露，供養他後半生了寂無色的花枝。

我想我是，當我以前恐懼一次次飛蛾撲火的情慾襲捲來時，以及情慾過後如死亡般的孤獨，我害怕極了面對那種孤獨。而現在，我只不過是能夠跟孤獨共處。安詳的與孤獨同生同滅，平視著死亡的臉孔，我便不再恐懼。

2

我兼程飛抵東京，換青梅線到福生，福生病院裡見到凹陷在床褥之中的阿堯，和他一起度過他生命的最後五天。我依舊會說，愛滋誠可怖，孤獨價更高。

阿堯在託帶給我的錄影帶裡跟示威群眾呼喊手勢，「Act up, Fight back, Fight AIDS」，未曾打動我，說服我。他相信組織和運動，我卻悲觀得從不參加任何三人以上的會談，嘉寶說，讓我獨自一人。我廢然道，世界最好把我忘了罷。阿堯勇猛迎戰愛滋，生命像沙漏眼看它流光，我恍見螢光幕上烏賊如恒河沙數來不及的盲亂交配把海水都熾成霞紅，好像阿堯無法饜飽的雜交的一生。

我得出去走走，阿堯的母親端坐床邊盹著了，密閉窗外是無聲的颱風雨。阿堯待人熱絡多情，而把所有的亂暴都發在他母親身上。我始終厭惡他用坦白不遮蔽的態度對他母親，堂皇將情人帶回家，我說阿堯，房子不是你的吔。我們屢次為了這種事鬥氣，我怪他侵犯別人的感覺，加諸他母親，則根本是拿著利器在不斷戳戮一隻沒有防衛能力的無殼蝸牛。我說阿堯，我們的世界，狂野又荒涼，媽媽她一輩子不會理解的。不是不願意，是不能。不能的，一般人都不能，他們秩序的宇宙是也很脆弱的啊。

永無結果的爭辯，花落人亡兩不知。註定了，與時間拔河熱烈投入交歡的阿堯，鼓吹同志愛，同志反攻，同志空間，同志權利，他是走上街頭的正片。我呢，我不過是鄉愿的負片，懦弱藏身於幽暗櫥櫃裡，以晝為夜，苟活於綱常人世。

阿堯母親視我如子，早年早年我喊她黃伯母，後來依隨阿堯喊她媽媽。我每說媽媽，一種敘述句的語態，彷彿太尊敬一個人以至不夠資格對話，便託虛像以陳辭。我離開媽媽和病床，安靜如雪的病院，暴露於強風大雨裡。傘撐好了，渾身已濕。但我得出門走走。

我用傘吃力頂住風雨，雨就像風箱吹出的宇宙塵，一股一股，片刻忽止，跟著瀑天瀑地不要命的澆下，又陡然變向，把傘颳翻去像掀掉我整塊頭皮。但我得出來走走。

昨天午前阿堯從耗弱無息中醒來。我說的醒，是他只剩下兩個窟窿的眼睛漸漸汪出水光，聚攏成一淺泉，夠把我映照其上，於是他也看到了我。我守候這一刻過久過長，屏氣凝神，好怕一點呼吸把它吹散。往事，往事，如露亦如電。沒有阿堯，我的少年時代將是一片空白。阿堯醒來的眼睛，從我臉上移開，他是想移往我背後的亮影罷。然而來不及了，颱風前悍晴無雲無灰無垢的白白光線就可以除滅他。他眼中一黯，消失了，昏迷至今。他醒來的一刻可謂稍縱即逝，可喜我們沒有錯失，剎那敘別了此生種種，我已乾涸無淚。

九〇年阿堯感冒消瘦去檢查，果然得病。八八年就有了的，彼時他在紐約和舊金山。對象是誰，不復記憶。服ＡＺＴ七個月，掉髮，厭食，嘔吐。停止用藥後病情還可穩定，胃口稍有。去年春天我來東京看他，他當時的體力，居然任我跟他聊了兩整夜。都是回憶我們少年和青春期，每一部電影，每一條主題曲，像落魄王孫在出太陽的冬日裡把綾羅綢緞取出晾曬。我唱著，「糾正，無法糾正的錯誤。觸及，無法觸及的星辰。戰勝，無法戰勝的爭戰。實現，無法實現的夢幻。」夢幻騎士，彼得奧圖和蘇菲亞羅蘭，我們總是唱他們的歌曲，想我們的心事。櫻花開到六分，日日新聞搶報花訊，我們亦終於解謎了昔年一件公案。

考上大學的暑假，我們騎一輛他家的鈴木一百ＣＣ去十分瀑布玩，兩人輪流載。瀑布區常有人烤肉，燻黑的岩壁左折右拐，爬過洞前望見裡頭殘餚棄掩很像史前人居。雄武的金狗毛撐開蕨葉大傘遮蔽了天空，數片陽光倏現倏隱，精靈般在林中狡黠嬉戲，忽而停在阿堯髮上，忽而飛過他臉頰，忽而撲來蓋住我眼睫使我目盲。我們越走越急促，鞋下厚厚的腐葉踩出泡沫嘰嘰嘰作響。我們亂了腳步，他追我還是我追他，互相疊沓，狄帕瑪的窒息人的跟鏡把我們逼到水邊。無路可退，我一步跨出跳上水中岩，定一定，再跳上一個石墩，再一個，回頭顧他。不料他幾乎是踏住我的影子跟過來的，迫我棄地躍出，同時二人落在前面一塊苔石上，險險滑跤，扶持抓住。水簾從我們頭頂射過，陽光精靈穿梭而去幻造出萬千虹霓，冰徹的濺在臉上。我以為要跌到水裡了，會嗤地冒起白煙。但我離石仆在岸邊，爬起來站往一叢闊葉木下面，心如擊鼓，打得我暈眩。有黑甜之香瀰漫，蛇樣的藤物吐放著白蘭花。阿堯沒有跟上來，停留瀑間，仰著臉大口吃水珠。好久，久得把他澆熄，把我歇止。我未明白期待的是什麼，只感到一股結結實實的落空墜得腹底難受。

我們默然走出濕漉漉的林子，我變得更靜，他變得更沮喪。遊人都在玩的時候，我們就草草折回臺北了。

往後好長日子，我不斷追憶。電光石火一瞬間，阿堯的鼻息壓上我臉可是他沒有親吻我，為什麼？

那一瞬間我對同性所激起的強烈情緒，嚇壞了我自己。其驚怖，無異天機洩露。我看到不該看到的事實，迅疾掩住，已經遲了。

整個燠熱長夏我捧著我自己的黑暗度過，小心翼翼像維護一盒放射性元素。它的能量裂裂在我懷中跳躍，只要一去回想瀑布間事，它便發生核爆釋出一片強光，粉碎了所有的前因後果敘述次序。無可追憶，追憶無物。我拋擲於筋疲力竭裡，那個對門大女孩一遍一遍放著Tie A Yellow Ribbon練舞步的夏天裡。

面對阿堯，我向自己否認，是的我什麼都沒有看見。我是無辜的，什麼都不知道。我裝成什麼也不曾發生過，如此斷念，竟至記憶也果然漸漸被修改了。我擦去不願承認的真相，重新書寫文本，於是我也真的忘了十分瀑布的實情。遺失的地平線換日線，一日無蹤，我與阿堯之間從來就沒有過。

直到去年夜談，阿堯悠悠說起，記得嗎，十分瀑布。

是呀，的確有那麼一天，他還健康，我還年輕。

那時候差一點親了你，阿堯說。

啊！有嗎？我很詫異。

阿堯說，可是你沒有勃起，我一閃神，就過了。

勃起，對的，勃起。二字如符咒一叫，把失踪的那日從烏何有之鄉叫了出來。瀑布間我們片刻貼著時，我清楚感到阿堯的勃起像隻拳頭堅實的抵到我肚子。然一觸即離，使我每在執迷追想的過程中恨不能有固定劑將這實感凍結，如此可以目視，察看，明白。混沌性覺醒，乍被我自個嚇退了，藏身地穴深處，待六年後遇見傑，它破土而出把我吞噬。當時我怎知，年末二十阿堯已歷盡滄桑。

阿堯告訴我，顛簸山路之上，他那樣放縱想像跨騎在後的我如果與他肛交，他想得手腳麻軟終至必須停車。問我記得不，我們曾靠崖停車，遙望海中龜背般的礁嶼。此崖三貂角，昔年即西班牙人所稱聖地牙哥。歇歇後換我騎上路，他扶住我腰恍恍滲著汗，風吹即乾無比馴良的，他說，也像做過了一回。

他望著大海的側面，現今我才醒悟，因為根據後來我豐富的經驗，那是痛快做過一場之後的臉。是紅潮跟汗退盡但皮膚細胞尚充氣未消時的臉，白若凝脂。襯出像畫在它上面的墨黑的眉毛，潤紅的唇片。以及，眉睫層中的眼睛，渺目煙視，彷彿在看著激情的餘溫像天邊晚霞一點一點黯澹下去。這個面容，當時使我好慌張避開，專心極了的望大海。

原來如此，我咀嚼著出土的史料，二十年後回味過來，甘澀如欖。我說阿堯，原來如此。

然阿堯的體力，已不能費辭，久了，只吐單字，我則永遠曉得他要講什麼的幫他完成章句。他說，樓上的。我會補續說，老的到樓上去，啊八又二分之一，我們的試片室時代，臺映巷子那家蚵仔麵線，多道地的蚵仔，哪像現在這種腸子代替品，所以呢阿堯，費里尼是過去式，大師老矣，我們也要變成了樓上人。然後我開始背誦八又二分之一的各個片段，所謂背誦，是把鏡頭銜接順述一遍。阿堯闔目開耳，老戲迷聽戲似的，浸淫於熟稔的唱腔唸白裡，溫故知新。我與阿堯，兩個白頭宮女，絮絮叨叨到天明。

日本的阿堯家，兩層樓小洋房，是阿堯媽媽所有，背後一棵老櫻蔽蔭三四戶人家。我每到東京都住媽媽家，唯春天這次專程為看阿堯，兩人算碰見。以前我來東京，他去了臺灣。我回臺北，他又已帶歐洲團赴阿姆斯特丹。病後他甚少下樓，媽媽長途電話到臺北要我掛電話給他。媽媽夾臺語日語說，電話費她會出，打那種對方付費的，要我勸阿堯運動，莫懶，多走動，即使累也要動。阿堯也果然依我言常在榻榻米上散步，扭頸，轉頭，甩手，特別做給我看，算報答我來日本看他。

他自稱一縷芳魂。從屋裡欲到外面，手握在門把上，半天，連擰轉門把一下的力量也沒有。我知他很虛弱，不知虛弱至此。

我做他的拐杖走經院子，穿越僻靜馬路即公園河堤。他三步一停，眼皮都不能抬起，眼觀鼻，鼻觀心，奮勉行路。忽然櫻花落了滿身，他閉氣不動，集中意志護持住形骸不至於潰散，全部人只剩下用力抿成一條線的嘴巴。我不敢碰觸，陪他柱立。靜待風止之前，雨陣般飄飛的櫻花裡，我好像數千年前逃離焚墮之城而又忍不住回頭一望因此變成了鹽柱的羅得之妻。

媽媽每次上樓送茶食，鋪床，添被褥，向我傳述主的道理，是藉我講給那個根本不聽的阿堯。媽媽唯一繫念阿堯還未認罪悔改，她的後半生只為了阿堯能夠信主。托缽無門，我是媽媽的機會。

總是，媽媽拉開紙門進來，舉止不憚繁瑣。年老較為遲緩的媽媽，起坐進退，一如能樂裡的人頓挫有致，舞蹈的但更接近儀式。

媽媽傾身將茶擱到我面前，依舊把陶杯在手裡過半圈才奉給對方。杯子有臉有背，我不知媽媽怎麼分辨，終歸她要把杯的臉朝向客人供上的。

我珍惜媽媽奉給我的每一缽茶，捧施粥般飲盡。日本茶的海苔味，窈窈置我於從前，長安西路阿堯家，面磚洗石子有山牆的樓房，揚溢西醫消毒水的爽利氣息。我在他家第一次吃到金黃米菓上面星佈海苔屑，盛在故意缺角的玉色碟子上，媽媽身上有幽香，我像成年男子一樣被禮遇著。

日本人媽媽，臺灣人媳婦，她會括引猶大書說，男人將他順性的用處用在逆性上，將被拋入刑火中。

阿堯叫她無極老母。

在東京，我經常最後一班電車趕回福生，媽媽留客廳一盞燈給我，壺熱水滿讓我可以泡茶。白天我起床時媽媽多不在，我換下的衣褲已洗好曬在院中。桌上水果盈籃，媽媽曉得我起床不吃東西，只喝茶。但為了不使媽媽失望，我會過量的吃掉一隻蘋果幾顆草莓，或一個夏柑，媽媽把吃夏柑需要的蜂蜜跟刀杓也配備好了。

我又愛食肫類，讚美過媽媽的燙綠韮，炒銀芽，那是在給阿堯信中表示對媽媽的謝辭，從此媽媽記住了。她會花整個上午或下午潛居廚房內，刺繡般將一根一根豆芽摘頭截尾，只留肥嫩無纖維渣子的中段。並且購得日本人不食的鴨肫雞肫，費大力刮去肫裡堅韌的穀黃色硬皮，好似製作工藝品。我無言以報，阿堯說，這是無極老母的榮幸，她很愛嘛。

我與媽媽偶爾在室內共處，恍惚置身能樂舞臺上。長長時光的哦然無辭沉緬於一種湮染之境，發乎言，亦詠亦歎，其實又什麼也不必說的。疊，槅槅，障子，廊簷，斜斜一松，多麼熟悉的小津的景框構圖，罕見搖移，到了晚年則鏡頭幾乎固定不動，唯一的標點符號是跳接。如此靜觀的眼界，能樂的節拍，我享悅我自個成為小津鏡頭裡的人。

媽媽曾經答覆她的親戚，那人調笑阿堯不婚，媽媽說，我的兒子不結婚是一個不結婚的問題，你的兒子結了婚卻千千百百個問題呀。媽媽好愉快的跟我描繪，臺日語，我半懂半悟，是這樣的罷。

儘管媽媽痛恨那些電話裡來找阿堯的男人，一概回絕，也是客氣的語法說，對不起，他不在。阿堯帶情人回來，她謙遜退出家門說是去購物。挽著草履蟲水藻暗紋的提袋，或到教會幫忙，或搭十五分鐘電車去稍遠的立川，在高島屋吃點心和抹茶，在伊勢丹超市七點打烊前購得殺落半價又新鮮的鮭魚刺身。她滿載而歸，補充了一冰箱的百威啤酒。她蟄伏樓下，掩著楅楄偏安一隅，聽見腳步雜遝下樓，阿堯偕伴進來房間翻冰箱找吃喝。她開著很大聲的電視是為告訴彼倆，楅楄內有人，可是並不能阻止他們狎鬧不散。媽媽非常，非常痛苦，匍在疊上喃喃禱念。有時一夜，有時二三日，直到陌生男人離去，她才出蟄登樓，消毒瘟疫般把房子狠狠清理一遍。

媽媽上樓來了。拾級而上的佝僂的影子搶先映抵紙門上，魍魎巨影，無極老母之影啊。

阿堯說，我想，我們掉進了鼠路。

那裡，死人遺失了它的骸骨，我默唸。艾略特的荒原詩句，吾等年少最愛。

媽媽走到紙門前蹲下，我目視巨影逐漸變小最後跟媽媽合而為一。我不能不憶及，我仍記得他的名字叫小嶽，我們雙雙跪在原木地板上熱烈撫吻時，他突地仰身倒向角落，那邊造有一塊枯山水，地燈打上來的光烘托著碎石細竹。他翻手扭轉地燈，把我們的影子射到牆壁和天花板宛如天神。他是那樣，那樣看著我們龐大黑影在糾纏而跟我肆加輕狂，令我不顧一切與之共赴。

我端詳陶杯很像一粒富士蘋果，不上釉，礪且澀的觸質，意味繁華落盡，我有些看懂杯的臉和背。它在松柴燃燒的窰裡因著熱度分佈差異，這一面吸納了更多熱生出較深的色澤，杯之臉呢，佛火仙焰，劫初成。

春天四月，我遇上櫻花如火如荼開，最美麗即死去的櫻花哲學，太風格。我撫視阿堯口部和腕上像瘀傷的一斑斑褐青，藍紫，卡波西氏肉瘤，會蝕入臟腑，亦使淋巴結腫大。我嘆，阿堯，你還是不救贖的。

阿堯說，救贖是更大的諉過。

年屆四十，我們逐漸放棄想要說服對方同意自己了。他以為他既淫蕩一生，到底了，地獄去吧，餘皆廢話。

於是我們的下半夜談話，在情緒高挑未及動氣的白熱化狀態中嘎然截止。他的身體，他再不能了。

燈泡，突一耀更亮起來。被我折了方向的燈翼，光源投往窗外照白半樹枝櫻花。媽娓娓跟我們引述新約章節的時候，阿堯撞開窗伸手出去抓花吃。冷空氣灌進屋來，料峭春寒，我上去掩窗，見阿堯死灰臉，一唇淡黃花粉，哆嗦著嚼花。深夜玻璃窗上的景物，花靜人白。阿堯無聲沉入昏倦，緊蹙的面容割傷我心。

我已目睹日落，人們尚期待日出。

頂著颱風雨踏經福生市街，我淋成水人。

這街甚怪，家家門口牢縛斜聳的竹枝子，上紮五色綵絲，街頭縛到街尾蓋住了天。也許是為盂蘭節盆踊紮的，前日我依稀聽見擊大鼓和亢入雲霄的吹笛聲，那麼就會有盆踊隊伍像海潮帶來翻滾閃青的魚群湧進河道，把兩邊觀踊的店家跟行人一起溯捲去。現在，杳無人跡，風雨打響竹葉子且把綵絲颳橫了在空中劈飛。我穿越其下，覺得大自然威力的怖嚇。忽然風雨停歇時，綵絲直直垂落下來，雪白的白，朱紅的紅，新艷絕倫不似人境，我步行之中，好想，好想折返。

一生沒有一刻像現在，我如此渴望看見人，隨便一個什麼人或是背後傳來的足音都可以。人，是需要人的人，芭芭拉史翠珊唱。孤僧如我，居然無能免俗。我掉下了眼淚，在歇而復起的大風大雨裡痛哭著。

阿堯，已經不在了。

3

阿堯不在了。鐵打的事實逼視我自己，不在，意味著什麼呢？麥可傑克森說，我生來是為了長生不死。

這位西方不敗，月球漫步者，五歲即是傑克森家庭合唱團成員之一，神祕與童貞，蠟像雕琢般的臉孔所費不貲，付出了上百萬美元代價。他極少極少曝露於媒體時，必使我心驚肉跳盯緊螢光幕，太怕那些閃耀不休的鎂光燈和擁擠過熱的室溫，會把他臉融化走形。他垂掛在鼻額跟兩頰捲亂如藻的髮綹，令我懷疑是為遮掩裂罅。我的夢魘，有一天他終會在全世界人眼睜睜之下蠟融掉了，正像傳說中的洞窟女王一樣。

他的隱遁密宅，衛士佈滿各通道轉角。疑懼有鬼故只在臥室流連，監控器能看見宅內每一處，雷射音響四通八達，放起音樂足可震跑鬼魅。除了兒童，他不接納任何訪客。跟小朋友追逐射水槍，比賽電動玩具，打枕頭仗弄得羽絮四飛，並跟小鬼當家那個竄紅全美片酬暴漲的克金小鬼結成莫逆。他的保鑣們扮成眾神，守護臥房，以防惡靈趁其睡眠中把魂拘走。他新專輯的平面設計，集巴洛可和天方夜譚和民族異色的巨大面形，分明一座祕教殿寢。當今之世，我竟然親見一人如此之怕老，怕死，怕不在了而至效起法老王的造金字塔，其絕望，慘烈，蔚為本世紀奇觀。

不在，柏格曼說，就是沒有了。毫無藉口不能迴避的，沒有了，永終的沒有。

布紐爾一天一天老去時，他不害怕死亡。唯一一樁，他所不解，當他不在以後，世界會繼續下去變成什麼樣子但是他再也，再也無法知道了，他渴盼每隔十年從棺材裡坐起來讀一份當日的報紙。

彼二人老過，有人早夭。

前不久我看過梅爾吉卜遜老戲新演，哈姆雷特臨終前於其摯友懷中說，我死了，你還活著，把我報仇的緣由讓那些不知的人知曉。並且他又重複一遍，如若你真是愛我，在這嚴酷塵間，將我的事情傳揚。

渺小，壯哉的執念啊。他怎知傳播一句話，尚且會被謬誤成「貓在鋼琴上昏倒了」，何況人的一生。哈姆雷特每每惹人厭煩，唯他將死之善言如此耿耿於懷自己的作為和聲名，使我非常哀傷理解著什麼叫做，虎死留皮，人死留名。

名字，名字，永生的符號。人花一輩子功夫鑄造它，打磨它，希望它會是鑽石星光穿透億萬光年的時間廊仍舊發亮。它是沒有宗教人的宗教，異教徒的天國。不過連這個，我也不抱希望。因為我與阿堯，我們已註定是沒有名字的人，沒有奇蹟。活難，死亦不易，像我養的無名魚。

它們起先是一群，鐵釘大小，乍看以為是小時候溝渠常見的大肚魚。學生到後山烤肉，用捕蝶網在溪裡撈了許多，回程路過我住處敲門而入，專為喝克魯伯煮的咖啡，他們自助式，熟練如歸。喝畢，這一批還算懂事會洗淨杯盤才走，他們未經同意把一塑袋魚就送給我，建議給我的吉吉貓打牙祭，中有一人果真就要付諸行動，真是太亂暴了，被我急急阻止，這樣，魚便留了下來屬於我。魚的性命都在我手中，我得負完全責任，是個虐刑。而我也從來不參加學生的烤肉郊遊，因為在那冗長的等吃過程中，無非三兩個勞碌命熱心於火前司烤，人力閑置和肉香四溢卻久久吃不到東西，遂攪得大家脾味浮躁，不停扯淡玩語言暴力。他們精力旺盛，發現魚蟹，就跑進水裡競逐，獸性大發的摳泥洞非拔斷了一隻蟹腳才罷手。猶嫌不足，會有人騎摩托車出去找到最近一家店買來捕網，大肆撈魚。烤肉的火燒得岸上石頭瘡痍，煙燻焦了樹下垂葛。然後他們把魚和網丟在我家，三支網還貼著新標籤，連同活生生的魚群一起，連同他們的青春，用後即棄。

這些，都讓我痛苦。

我把魚先從塑膠袋放出置於面盆內，這種充斥市場紫灰相間寬條紋的塑膠袋，是醜中之醜，惡中之惡，一經製造，萬年不毀。我跑了周遭可能賣容器的地方，不意在一個蕪雜文具店瞥見玻璃魚缸。大小一列，荷葉邊的缸口，盤圓像婦人之臀的缸身，腰間繫著緞帶蝴蝶結，積灰甚多，是好久前一陣飼鬥魚風颳過的遺跡。魚群移駐缸裡之前死了幾尾，分散扔到陽臺花盆任其腐化。我極有限的丁點常識，裝滿一桶自來水讓氯沉澱，輕舀桶面之水灌注魚缸，少半新水，多半故鄉水，盼它們好生適應，思索它們該吃何物才好。

它們散兵游泳各自漂浮著，自缸上俯瞰灰蚯蚯，側邊平視是扁的，斑紋閃動也有些熱帶魚的意思。度過一夜一天，我詫異它們還好好活著。只有兩尾先後仰身坦腹沉在缸底，我用筷子夾起，一尾太小了不成個魚形，我亦將之抹在花盆土裡，塵歸塵。我專程跑下山去水景店買魚食，就買了最普通一罐磚紅色的砂粒，說是蝦粉做的。我且帶回一個很簡單像水晶球的大魚缸，準備長期飼養它們。

我用指甲捺扁一粒蝦砂，捏起撮成粉撒在水上，不料魚們立刻虻集來爭食，我太高興了，大約此魚甚賤所以好養。我變成地母型的婦人，幸福看著孩子跟丈夫吃光自己煮的食物而加倍供應，源源不絕，不滿足不罷休。它們吃得多，排泄多，混濁了水。我擔心氮過盛，勤勞換水，仍採取留一半舊水換一半新水的方法。新舊交替過，魚們總密麻夥成一隊沿著缸壁竄跑，是不習慣呢，是乾淨的水好快樂呢，我察猜不定，必待它們慢慢靜止下來，復取得平衡各個在水域中漂浮，我才心安。我決定克制住餵量，減低它們騷動的頻率。

一星期過去，魚們與我似乎正摸索出一種相處的規則，忽然，一天之內紛紛死了一批。

徵兆先是失去重心，魚顛躓於途的努力不使身體傾斜。若傾斜超過了四十五度角，魚會抖擻一振朝前衝，藉衝力把身體扳正，平穩浮一刻，又斜了。幾番起落，終將放棄前，魚倒栽蔥的以吻抵住缸底游游游，最後，一鬆口，飄開，像慢動作放映栽一記大筋斗，仰腹跌在缸底，不動了。其生與死之角力過程，石磨般磨苦我的心志。

我恐怕死氣傳染，加緊換水。魚們索性繞壁狂奔，繞繞繞，便攪出一層蛋白色霧翳。我揣測也許魚口密度太高導至死亡，就撥部分魚到醜陋的荷葉缸裡。移山倒海，像做化學實驗擾得我好焦慮，恨沒有養魚知識能夠應付。換水不換水，餵食不餵食，刻刻挫折我，到後來我不再撒蝦粉了，魚已不食，粉粒脹泡於水中很像毒菌。

魚一批一批死，我不能再丟到花盆以免腥味引來蟲蠅，端看它們仍然晶亮的斑爛，在水龍頭下冷冷沖去。劫後餘生，兩尾。

大的一尾，不可思議是在窗檯槽溝上發現的，不知多久了，用紙卡剷起來姑且放回缸裡，沒指望它活。它怔怔定在水中好一會兒，居然搧乎搧乎鰭，一擺尾，動了。我百思不得其解，真難相信它有魚躍龍門的神力跳出缸去因而躲掉一場瘟災之後，又挨得過旱劫，活了。小的那尾，我亦致上最高敬意，或許它的遺傳基因帶有某種抗體罷。

總之，我佩服它倆的存活，心甘情願照顧它們。

我幫它們弄來黃金葛插植，虬亂鬚根佈在水裡形成茂美的叢林，桃狀葉湧出缸口覆瀉而下，令人滿意的居住環境。日子稍久，缸壁即生出一膜薄綠，虬根也湮開絨絨的綠，二魚的糞物積底為沃，缸裡已自長成一個生態。

我往往癡看二魚，廢寢忘食。它們出入叢林間，乍爍乍晦像寶石的碎片。有時卻成了清潔工，一整個下午忙碌清理環境，用吻把澱物推推推，攏做一處，用吻細細叮啄葛鬚使之崢嶸，用吻上上下下磨亮缸壁。偶爾，它們各據一方對峙，劍道高手般蓄著內功好大張力，瞬間，爆發，一衝擦身而過，不明二者接招了什麼，已又各就各位，再一回合，直到我忍不住大笑起來，撼撼水波打亂磁場，否則它們簡直著魔一樣不會停止。它們歛鰭浮在那裡時，彷彿冥想中，謝絕打擾。但只要我一撒粉，馬上，豬羊變色露出獰惡的面目。

且看，大的那尾佔盡便宜後，掉頭攻擊小尾的把它逐到缸底，隨之快速升空，用吻掃蕩水面粉末。太霸道了，我幾次插手干預，公平分配一下。但我聽說日本一位天皇餵鯉魚，或天鵝？也是最壯的一隻搶最多，吃最多，御侍們都不平囉叱起來時，天皇卻也不厭那隻，和悅佈食像太陽照好人也照壞人。天皇自幼被教成無所憎，無所懼，他不知世間有什麼恐怖和危險，他如果遇見一條眼鏡蛇亦自會施之以禮的。天皇之境，非我一介凡夫能及。

我有意讓陽臺一瓦盆裡的孑孓滋生，每日舀幾枚倒進缸。痣紅的孑孓在水中蠕升蠕降，迅疾得很，二魚像傑出外野手奔逐接殺，好吃得不得了哇。我知太寵溺它們，可是難自禁。初夏盛產的季節，一舀滿是孑孓，二魚明顯都長大了，斑彩歷歷如繪表示它們很健康。我好想知道它們是否一公一母，若是就更開心了。

這樣，一日我猛發覺大尾的那隻竟傾斜了身體在划水，魂飛魄散。

小尾的用吻去戳它，它會往前奮游兩下，好像醉漢振作精神哂笑說沒醉，沒醉。小尾的是在攻擊它呢？鼓舞它呢？近兩步，遠一步，戳一口，忙逃。我束手無策，眼看它翻倒露出肥白腹部，逐漸變成異類了。小尾的在攻擊它，戳搡一陣以後明白它並不能威脅到什麼，就再也不屑一顧游開了。

是撐死的，唯有這個原因。我給太多孑孓，它依例要壟斷，吃進去的來不及放出，撐死了自己。這完全是人為之過，我追悔莫及。

僅餘的一尾，活到次年一月大寒流來時凍死了。此間，我每每看它一魚，好寂寞的魚啊，我發出像耶和華神的喟嘆，「那人獨居不好，我要為他造一個配偶幫助他」，我亦認真考慮過是否要去後山溪撈一尾同類來相伴。

球形玻璃缸容納著窗戶外整塊天光雲影，魚和缸的比例，如太陽系裡一顆行星。魚因著沒有了嬉戲競爭的對象，雖然這個對象也常常欺壓它，它游擺水中的姿態變了。它像一座發射成功的人造衛星，無重力，無意志，不過是放到軌道上就可以運轉自如了。它會一直運行下去，除非我打破魚缸，它不會死的。它浮在那裡的樣子，無嗔無喜，怨愛不興，莫非涅槃。但這樣的不死魚，是否太無聊了呢？我不時伏在缸口吹氣，製造出許多漣漪，甚至牽動到較底層也能起波瀾，讓魚慌亂跑一陣，也好。

缸中一魚，成了我書寫當中每次停筆思索時的視線所在。魚在我可以看見的圓弧景框裡出鏡入鏡，因折射角度而變幻。它幻若慧星拖著輝煌的尾巴迤邐出鏡，又變成莫內日出印象裡的暈光現身。隨後消失不見，留下很長的空鏡，長得超過我的等待極限，使我忽感不祥，倉皇爬出座椅，巴到缸前尋找，神經質的害怕它躍出缸掉在不知哪裡了，急出一毛髮冷汗，卻見它好端端就停駐水上，與螢灰的表面張力融成一片難以辨識。它仍會跟從前一樣打掃環境，用吻把穢物推攏在缸底，我好可憐它像廣寒宮裡執帚的孤單嫦娥。

我認為它當然會一直活著，跟我終老。它已形成我生活的一部分，日久，彼此相忘。故那一天我發現它坦腹死時，錯愕不能相信。我才讀到報紙說南部虱目魚大批凍死，可是毫沒聯想到我溫暖屋裡的魚。死別，便這樣，在我最放心無事的時刻，突然拜訪。肉身，脆弱不堪一擊。

我將它埋葬花盆裡用指頭摳開的土坑內，以葉覆之，紀念我們為期一年共處的親密時光。

我留著缸繼續養黃金葛，深歎植物的執拗的向光性，每隔時日，就得把缸移轉面向，教這群葛葉的翠燦臉好歹朝著我罷。生，是也如此之強。

我看過ＢＢＣ拍到的象之死。象癱瘓著宛如倒塌的城塔，象的同伴們夥成圈在拱它，用碩壯無比的鼻額連結做墩，奮力要把它支砌起來。幾次，幾次，幾乎都要成功了，象又塌下去。試盡了力氣後，群象忽然解散開，噴出高亢的嗚呼，倆倆廝磨騷亂中，有象終於架起巍峨的前肢搭騎到另隻象的背上，性交模擬，它們要用性之顫慄激起同伴的生之慾情？將死之象躺在地上，眼睛澹澹平視前方，灌木叢生的大地被它絕望的同類們撼踏得震裂開來。

我亦看過餓死之人對這世界最後凝視的一眼。她耗竭仆在野地裡，濃稠黑眼珠大大睜開著，此時所見地面的小草，蘼蘼搖曳像春水朝天邊漫漲，蜻蜓草上飛，好溫柔晚涼的風把她掩熄了。遠方的雷鳴，薩耶吉雷拍攝的死亡。北部印度一個綠色小村，因日軍攻占緬甸阻絕了米糧輸入，有水，有草，人卻苦窮默忍的如枯花萎地而滅，印度式之死。

婦人說，生時應當快樂，因為死時會死很久。

還有浮士德說，沒有什麼被證明過，也沒有什麼能夠被證明，我傳授的每一個學說，結果總發現是新的錯誤，確定的只有一點，我們來就是為了走這一遭，其間所有的正是我們所遭遇的。

我狂走於颱風雨裡時，阿堯不在了。

我看到路標明示，清岩院，存心直行去，以為是佛寺或神社。在我毫無一點心理準備之下，柵門內赫然湧現出一大區墓碑，著實驚駭了我，把我雨淚滂沱的濫情頓間收煞。這回，我才看見景物，物中的我自己。我已渾身濕透，骨頭裡都泡了水，仍行禮如儀撐著一傘真是太愚蠢。

但是這回，我清醒的願意愚蠢下去。我開始巡視一座一座墓碑，細看上面的碑文。因為清醒，森森感到毛聳。我就抬頭瞭望四方，那邊是橋跟大馬路，這邊是公寓人家，不錯，我正明亮活在現代社會之中。屢屢被我咒罵的現代社會，此刻，竟是多麼親切可愛啊。所以我冷靜讀碑，風雨飄搖的偌大墳場獨我一人。我必須用這種幾近自虐的巡墓禮程，才能碾平最初的銳利的痛楚。

阿堯已死，意味著生命中我與他交集重疊的好大一塊也隨之不在了。無人共知，共享的記憶，有何意義，視同湮滅。我必須淋雨受風寒，大病一場，以此挨度太過沉重的傷悼。

碑上所載，都是衰老善終之人罷，阿堯畢竟嫌少壯，這裡沒有他片席之地。可預見的未來，世界會一批一批死掉更多比阿堯還年輕的男男，女女，甚且蔓延童兒。去年十二月一日憑弔大會，鳥瞰鏡頭攝下廣場上的眾多小螞蟻人抬著一幅浩浩旗幔。奇麗拼貼布樣的幔子，由家屬捐出愛滋亡者的一衣一毯縫製而成，其面積擴展之迅速，舉世咋舌。阿堯，將找到他適宜的位置，在那錦繡波揚的紀念旗幔上，戰將，阿堯。

我離開清岩院，回到市內。駅前一家麥當勞，大金字M，都市妖獸蹲踞空中。我忝列拒吃麥當勞的一員，此時卻像重逢親人感激跑上去擁抱它，這是我有生之年第一次吃麥當勞。我恍然大悟，颱風天罕見人跡，原來都聚在這花房般光敞的速食店裡了。

我喝很爛的咖啡，取其熱度焐暖身體。我想脫掉襪子晾乾，猛見鬼藍色兩隻腳丫子，嚇一跳。昨天出醫院吃飯在西友買的襪子，無印良品，遇水褪色成這副德行，要投書抗議。我傍窗遠眺颱風肆虐，市街被它打得抬不起頭，而我安全蝸在封閉室內，是充滿體味的人群裡的一份子，不虞挨揍，不遭叱啐，我在活著啊。我像原始初民，又逃過一回閃電襲擊之後，穴洞中顧視自己仍舊好手好腳存在著，真慶幸。我真慶幸我居然，居然，並非HIV帶原人，單單紐約一市，遭HIV光顧者，已近三、四十萬人。阿堯死了，我還活著。

不久前日本廣為流傳說，KYON得了愛滋病。KYON，小泉今日子，第一代廣告女王，銀幕上皆是她巧笑倩兮，舉國披靡。她不作怪也從沒有緋聞，再厲害的新聞或週刊記者都抓不到她把柄。誰都別想拉下這位沁入日本國民之心的無冕女王，除了愛滋。可怕的謠言，致命殺傷力，末世紀的黑騎士。

我看見小泉今日子在巴塞隆納奧運會場替麒麟啤酒拍的廣告，文案說，「會給我巴塞隆納回憶的人，此刻正在日本的某處流汗」，橫批說，「我想喝芳醇的麒麟LAGER。」

我亦遇見金婆婆銀婆婆熱潮。現住名古屋市的一百歲雙胞胎，成田金，蟹江銀，二人相加兩百歲。金已齒牙盡失，吳儂軟語，銀則尚存稀朗門牙，談吐世故。她們於敬老節被發掘後，一夕間成為媒體寵兒。她們拍了一支廣告，樸味十足。金說，我從來都不生病。

銀說，我也是一向很健康。

我喜歡紅肉的生魚片。

我喜歡白肉的。

我平常都自己洗衣服。

我也是，一直還做主婦的工作呢。

男聲旁白說，這兩位同為一百歲的老婆婆現在仍都是家庭主婦，名字合起來恰是象徵吉利的金銀。獅王公司今年也正好滿一百歲，它創立於明治二十四年，那時還是挽著武士髮髻的人隨處可見。獅王生產的廚房洗滌浴廁用品，陪伴日本人迄今亦滿一百年，今後仍將扮演您日常生活裡的好伙伴角色。

金說，今後我還有許多有趣的事要做。

銀說，我也是呀，我覺得人生來日方長呢。

而在另一支DUSKIN廣告中，金婆婆答覆記者滿一百歲的慨歎被用做臺詞，立刻成為年度流行語。金婆婆說，像是歡喜又像是悲哀的感覺。

悲欣交集，弘一法師的最後遺墨。

我還活著。似乎，我必須為我死去的同類們做些什麼。但其實我並不能為誰做什麼，我為我自己，我得寫。

用寫，頂住遺忘。

時間會把一切磨損，侵蝕殆盡。想到我對阿堯的哀念也會與日消淡，終至淡忘了，簡直，我無法忍受。如果能，我真想把這時的悼亡凝成無比堅硬的結晶體，懷佩在身。我只好寫，於不止息的綿綿書寫裡，一再一再鐫深傷口，鞭撻罪痕，用痛鎖牢記憶，絕不讓它溜逝。

我寫，故我在。直到不能再寫的時刻，我把筆一丟，拉倒，因為我再不會有感情有知覺有形體了。

如此而已。

4

我同類們的最偉大的原型，耶穌基督與一行十二門徒。基督他別無選擇揹上代人犧牲的十字架，出賣他之人在他身上烙下吻記。他永遠若有所思，愁眉深鎖的絕美造象。他的裸身，荊棘刑，已成美學，我們最好的時候，無非向他看齊。

然我不參加阿堯的同志運動。阿堯只差沒有說，革命尚未成功，同志仍須努力。所謂同志，queer。新品種的同性戀，驕傲跟舊時代斷裂。前愛滋與後愛滋，其間並無連續，氣質之異是要開國改元，重新正名的。故而先得釐清楚，不是gay，是queer。阿堯說，queer，怎麼樣，我就是這個字，我們跟你們，本來不同，何須言異！

阿堯堅持，gay，白種的，男的，同性戀，這是政治不正確說法。queer則不，管它男的女的黃的白的黑的雙性的變性的，四海一家皆包容在內，queer名之。

是呀我同意，語言的使用本身即訊息的一部分，我百分之百擁護我鍾愛的李維史陀這樣說。

比方最近的事當然是關於五百週年紀念哥倫布發現新大陸，不不不，不是發現，是遇見。前者意指歐洲中心的地球觀，貶抑美洲印地安為邊陲。新的多重焦距的眼光，政治正確說法應該是，美洲大陸遇見哥倫布。我自譴身為黃種人亦受歐洲白人洗腦，走經幼年期充斥著遠東近東之詞的地理歷史時代，我已長成我所使用的語言的模樣。很難學習阿堯的積極，我的光景不過像，到老來牙齒和骨頭都鈣硬時，醫師持著好利索的矯正器械向我笑咪咪走來，令我窘迫極了，嗷嗷奔逃。

早年阿堯就是快樂的gay時候，我水深火熱陷在我是或我不是的認同迷宮裡。後來我承認了，乃至近年霸占我身體的慾望猛物終於也覺得這是一座頹黯老宅遂思撤離之際，我才敢放言我能接受如若沒有伴侶終將獨自過活的下半生，gay的命運，我說，我很好，很歡愉。

阿堯用狎侮的眼睛看我，哦你很歡愉你也很好？他那不發一言的笑神，總是有效把我惹怒。他已棄gay一詞如敝屣，而我仍溫文爾雅戴著這頂過時禮帽的蠢樣子，實在太可笑了。

他說，fuck the gentle。他晚年越來越積極的姿態和對他母親的亂暴，到了挑釁，攻擊的地步。如此自曝於第一線，我真不忍卒睹，一朝萬箭穿心，我堅拒去收他這種屍。

他死之前，八七年華盛頓愛滋祭葬。八八年，曼徹斯特終止第二十八條。八九年，丹麥准許同性戀合法婚姻除了不能領養。九〇年，kissing in，可以在大庭廣眾之下接吻。九一年，outed campaign，站出來運動。沉默等於死亡，無知亦即恐懼，醫療照顧是權利。反制AZT製藥廠，屈服了魏侃降價昂貴的AZT百分之二十。今年，遵行大不列顛法律的香港也解除了——禁止肛交，阿堯生時及見，引為莫大勝利。

他晚年種種，我後來始悟，那是連他都不自知的預感到來日無多，他也亂了。我若及早明白，也不會跟他纏辯和賭氣。天啊我們在紐約臺北的國際電話裡辯論，辯論什麼我完全不記得了，多麼無謂的內容並且以怨懟收場。他問我有沒有看他寄給我的讀物，我說沒有，他說為什麼不看，我說不想看。他那邊是午后大白天，我這邊凌晨兩點鐘，夜與晝的十萬里之隔我們都不講話了，任憑分秒計費的嘟叮聲於其中掉落。我熬不過他，我說，好啦這是長途電話，可以啦。他很可惡的不回話就掛斷了電話，衝突而無和解，折磨得我徹夜未眠。

後來我也才明白，他打電話給我從來不是為有任何事情，他只是想聽到我的聲音跟言語。這音言連繫著他的過去，像一根繩子及時拋出套住不使他無止盡墜往深淵。這有內容的談話，讓他覺得自己還是一個人，不是獸。他在異鄉某個街頭某電話亭緊緊偎住聽筒的瑟縮身影，好像變蠅人裡那名悲慘透了的蠅人最後找到他的女朋友，懇求她，幫助，幫助他變回人。

這個身影往後經常浮現我心。我記起的是，一個星期天下午接到他電話，我習慣先問，你那裡幾點鐘？

他說，不知道。

我望窗外是秋黃天空一隻雄偉的蜈蚣風箏在擺盪，咕咕鳥掛鐘過了四點，我馬上幫他換算出來，星期六夜裡，不，清晨三點多吧。

他說，不重要，沒關係啦。你在幹嗎？

我說，沒事，看書嘍，你呢你在幹嗎？

他說，我會幹嗎，你想我還會幹嗎。

我說，啊耶你小心身體，這麼老了。

他說，你在看什麼書？

憂鬱的熱帶。

沒看過。

我知道他沒有看過，也許三十歲以後他就再不看書了。我含混報一下作者名字，很心虛這是我結交的新歡而他沒份。便是電影，他也只看到德國三傑中還活著的溫德斯。舊雨新知，對於我們長大成人後各自謀生甚少重疊的部分，我總謙卑看待，不忍冒犯。

果然他說，沒聽過。

搞結構人類學的。我抱歉介紹，彷彿李維史陀是我情人。

他說，不管他是誰，唸一段來給我聽。

啊！我張口結舌半天，從何唸起？

他說，就唸你現在看到的地方，唸來我聽。

我如蒙寵召，忙把書拿來，飛快簡介一下李氏，以及我正讀著的篇章，講巴西叢莽裡卡都衛歐部族，他們處境的沒落，使他們更強烈要保存下來過去的某些特質，最清楚是呈現在紋身藝術上。他們認為，做一個男人必須畫身體，若任身體處於自然模樣，跟野獸就沒有差別。這些印地安男人對打獵捕魚家庭都漫不經心，而一整日教人在他們身上繪圖。圖紋使人具有人的尊嚴，見證了從自然跨越到文化，從蒙昧獸類變成文明人類。且圖紋依階級有風格設計之異，故也包含了社會學的功能。至於卡都衛歐藝術特徵是，男性女性的二分。男人是雕刻者，女人是繪畫者。我抑制著熱情向阿堯吐訴新歡，告一段落。

阿堯說，很好，我贊成，繼續。

Tristes Tropiques，我柔軟的唸了一遍法文書名，然後戀人絮語般開始愛撫下列一段文字。我唸著，二百五十五頁，卡都衛歐婦女的圖畫藝術，它最終的意義，神祕的感染性，和它看起來無必要的複雜性，皆為的是解釋一個社會的夢幻。一個社會渴望要找到一種象徵，來表達出此社會可能或可以擁有的制度，但這個制度卻因利益和迷信的阻礙而無法擁有。現在，美女以她們身體的化妝來描繪出社會集體的夢幻。她們的紋身圖案乃象形文字，在描繪一個無法達成的黃金時代。她們用化妝來頌讚那個黃金時代。因為她們沒有其它符號系統能夠來表達，所以那個黃金時代的祕密，在她們袒裸其身的時候即已顯露無遺。

我還未唸完，電話斷了。我一直等他再打來，沒有。

他聲音裡的瘖瘂浮脹，相隔十萬八千里也難逃我耳目。必是週末的吧追逐，隨後到蒸汽屋裡與十幾人大風吹。器官仍腫著，慾火又燃起來，永不饜足，卻因屌乏而告終。我太瞭了，那吐一口唾沫在掌心隨之伏匍吮搓的狂迷儀式，無從遏阻，像紅菱艷中穿上了魔鞋便旋舞不停直到筋疲力竭仍不能停止，至死方休。

那輪番吸吮的各類津液混拌一氣，塗抹了眾體復塗抹自己，膠結為一層爛泥溝味道的面膜，驅除不去，蛛網似的裹纏著他。在那清晨黑夜，垃圾飛灰的街道，路面地鐵通風口騰湧出白煙，他蠅人般沙沙沙蹣步的形影，燙烙我心。

八六年重拍的變蠅人，科技視覺，淋淋展示了斷體截肢剝皮的形變過程，但也再沒有四七年版恐怖淒美的戲劇張力了。悲慘的是，即使阿堯變成了蠅人，包括我在內也熟悉這種經驗，我們都屬於是四七年版的變蠅人，太古典了。當廣告詞快速風靡在孩子們之中，那些無邪又無知的年輕臉蛋悍然道，「只要我喜歡，有什麼不可以」，就像對我面上吐了口痰。我保持風度微笑轉過身，掏出手帕把痰擦掉。

當我偶然一打開電視，闖進來一個新人類的頭部衝到鏡頭跟前凸變晃動，扮鬼臉怪叫，「我真的——喜歡——喜歡——我的臉！」駭我一跳，急按鍵消滅他。是什麼飲料或泡麵的廣告，這般亂暴侵入我臥處，令我憤慨極了。當阿堯站出來說，「queer，我就是這個樣子又怎樣！」我好想跳上去用塊布毯把他掩蓋包住推下臺。孩子們有的是青春，阿堯你我，一副臭皮囊，何苦獻醜。

當我們共同的好友高鸚鵡也收山在家，弄一個工作室，每日與電腦對坐八小時，唯一生存動力是保養身材。高鷴鵡從不諱言，午前謝絕訪客，這段時間他會一身精赤塗滿緊膚霜，腹部則抹上減脂油後用保鮮膜層層裹紮住，如此坐在終端機前工作兩小時，才解除武裝。某日我半途下車去他那裡，還一本閩南建築的書。對講機中他老大不高興我的突然造訪，鐵門亦配合他節奏不情願的彈開一條縫。我爬上三樓他宅，他隱身門後把我放進屋。原來他在敷臉，裸露著大眼圈大嘴巴和兩個朝天的黑鼻孔，山魈之類。放下書，我要離去。他既已原形畢現，就留我下來喝自製的金橘茶，掀開毛巾浴袍露給我一眼，保鮮膜綑著肚腹頗似德國豬腳。我說，不都上午在做嗎，現在快傍晚了。

此話引來他一串怨聲載道。說是前兩日他把舞臺設計初稿交出，討論到很晚去啤酒屋吃消夜，鬧到快天亮才回家，一睡竟至黃昏，醒來照鏡，不過熬一下夜臉皮就耷拉了，很沮喪，只去游了泳，回來玩電腦又玩過頭，遲睡，遲起。真懊惱出門一趟便把好不容易建立起來的生活次序打亂了，所以才會弄到傍晚在敷臉，頗憂愁晚上十二點以前又無法入睡，明天又會晏起。他勸告我，充足的睡眠比什麼保養品都有用。尤其十一點到凌晨一點子夜交替，陰陽氣消長，最催人老，此時若能熟睡無夢，絕對是厲害的駐顏術。他問我，做臉嗎？

我說，我不能做，會皮膚過敏。

他附耳說，海泥面膜，聽過沒？

我食指觸觸他臉，淺灰帶砂質的膠乳，這個就是？我只知道有火山灰。

他頷首說，對的，也含火山灰，還有陶土，泉水，最主要是大西洋某海底的泥糊。不含香料，完全天然的，不刺激皮膚，可以試試。

他帶我去他衛浴隔間展示瓶瓶罐罐，一邊細心向我解說，海鹽跟海藻療法。他告知我，從前那種活細胞胎盤素什麼的，光聽名字就很可怕，都是用動物做實驗，全無環保概念。應從海中粹取，其存在八十四種礦物質和示蹤元素和胺基酸，好比鉀，能平衡電解質，有助神經電波運轉，使碳水化合物蛋白質脂肪釋出能量。好比鎂，具修復力，潤澤膚色。鈣和鋅鎮定人，鋅能引爆體內上百種酵素起化學變化，加速代謝。礦物鹽有很好的去角質效果。又一種死海結晶的精油磨砂露，能恢復活力，磨砂之後，接著做一個從頭到腳的死海泥護膚。他出示一普通保特瓶，內裝半瓶死海的水，是他昔日一位情人參加以色列朝聖團於死海之濱親手舀回來相贈的紀念物。他緬懷往事對著瓶子也對著我說，死海，你知道嗎，它曾經是埃及女王跟希巴女王美容養顏的游泳池哩。

他這樣傾囊以授，我也不吝貢獻出祕方。我是採取食物療法，亦即重新思考飲食習慣，以此來改變身體的結構系統。我有位鼻癌友人，遍訪名醫治療無效後，決定吃素，用食物療法的原理來跟癌細胞抗爭，活到今天。我的敏感體質，最好從內功下手，頂多聽從妹妹建議我的，拍拭嬰兒油。

繭居族創造了沐浴流行。高鸚鵡的衛浴間連牀，果然佔據了他房子的三分之二大，餘下是一灣料理檯兼吧檯，與一組輕質鋁鋼桌檯配備旋轉椅和檔案櫃，皆帶輪子可一齊遊牧移動。他那有蒲葵盆景的衛浴間，不是棕櫚是蒲葵，以及那整面玻璃磚牆採自然光入屋，又用一扇百褶葉窗式的屏風把光篩濾進來，涼椅籐凳，恍惚置身南洋熱帶殖民風情裡。

我與高鸚鵡親密的喁喁交換著各自一套養身術，好像船難被衝上岸的倖存者，交換逃生經驗。曾經都度過瘋狂的放浪生涯，倖存者，我們，不再為追逐對象或被對象追逐而打扮自己了。倖存者，只為己悅容。當我們比任何人都更怕死的，幾近病態的在保健身體時，阿堯老驥伏櫪仍出入那些場合拚命，充斥他周遭的新人類，新新人類，X人類，他將飽受多少亂暴和屈辱呢，令我不寒而慄。

我們提到遠方的阿堯，冷淡岔開不願多談，彷彿他是個病重快要死了的人，徒然挑起我們的痛處而已。

高鸚鵡到吧檯調配金橘茶，我隨手放一張CD來聽，是新時代音樂，電子合成樂器精確模擬出空山靈雨，一陣風搖水潺。高鸚鵡在吧檯後叮叮噹噹弄匙弄杯，鳶尾紫毛巾浴袍，向日葵黃的繃帶式浴帽把稀疏毛髮收勒一空，底下是灰泥臉膜已涸成一副面具，活似巫師。遞給我的一瓷缸流金液體，長生不老藥啊。

合成樂器忽揚起鯨唱虎嘯，飛越河山。高鸚鵡說，應該學學中文電腦，很省事的。

我在看他桌檯上的電腦，我說才不要，活在世上的樂趣本已不多了，我要保留最後一點書寫的樂趣，一撇一捺，皆至上享受。

他過來指點說，這裡面至少存有百萬字以上的資料。

我說，打出來看看。

他熱切教我操作，舉例叩了幾顆鍵，顯示幕上跑出一列字，知定法師地藏菩薩本願經講義。字銷掉，復現，密麻一堆似乎是佛門術語的註解。

我俯前細看，太怪異的文字組合了，必須用嘴唸出否則無法進入眼簾。我唸，菩提薩垂，摩訶菩提質帝薩垂，簡稱菩薩！菩提、覺，薩垂、有情，哦菩薩原來就是覺有情！菩提、道，薩垂、眾生，哦也可以叫做道眾生。摩訶、大，質帝、心，摩訶菩提質帝薩垂，即大道心眾生。我笑起來，簡直在做口腔肌肉訓練，動員了平時唇舌發音的死角，我說高鸚鵡，存這個幹什麼？

他正替般若舞劇設計舞臺，相關不相關的資料先搜集。我考他，什麼叫般若？他叩一鍵，又一堆密麻字。我唸，般若、慧，有三種差別慧，生空無分別慧，法空無分別慧，俱空無分別慧。我咀嚼句子如咀嚼一根紙莎草的莖，有意思。

他受我催眠的也拾起字唸，提婆、天。欲界六欲天，色界四禪十八天，摩琉首羅天，無色界四空天。所謂四空天，我們合聲唸，空無邊處，識無邊處，無所有處，非想非非想處。我嗅嗅他疏可見底的頭毛，還擦一〇一？

他回頭嗔我一眼，一〇一，根本騙人的，擦生薑還好些。

當我們焦慮著頭髮秋葉般一把一把掉落，怵目驚心，各種偏方於彼此間相互傳遞。聞知有誰去大陸探親或觀光，託買半打一〇一生髮劑，縱使偽藥仿冒品的消息甚囂塵上，也抱著僥倖之心，擦了反正不會死但說不定就長出頭髮來了呢。每試一樣新法子時的期盼，實踐過程中神經質的頻頻攬鏡檢視長了沒長了的疑惑，且因觸摸頭皮太繁而至麻痺無感，灰了心，不顧燙髮最傷髮的大忌，求一速之功，藉燙過鬈捲的髮毛掩蔽。挽不回眼見髮量日趨稀薄，髮質燥裂，髮色枯焦，心田好荒涼下去。最後不得不承認，世間從來並沒有生髮劑，正如從來沒有過長生不老藥。承認青春不在，同時得為年輕時的過度預支體力和精神付出代價，早衰，多癖，隱疾，或早夭。

當同輩的我們之中，越來越多人參禪習佛，信仰新時代，鼓吹整體健康，要從形而上的心念來統合情緒和肉體。當仙奴跟唐葫蘆兩人津津樂道前世追遡療法，催眠療法，再生，拙火，氣提，夏克提，真氣，自性，祕教密語的把我排除在旁，似乎他們握有進入來世的護照很可憐我卻沒有。我妒惱起來，不為沒有護照，天啊那個地方我是根本不要去的，而是他們儘講一些我不知道的專有名詞，太沒禮貌了，有失待客之道。我不悅說，新時代，何不承認它也只是一種心理治療的方法，一種慰藉罷了。

冥頑不靈，不堪與聞大道，我從仙奴唐葫蘆他們臉上讀到這個訊息，便告辭離去。我很後悔沒能把下半截話暢快說出來，若再有一次機會我會說，新時代？當我們年輕，貌美，體健的時候，誰理新時代！沒有前世，沒有來世，只有衰老，然後死亡，這個事實。

阿堯說，救贖是更大的誘過。

當新時代音樂的環境錄音，甚且在大西洋和太平洋深央錄到移棲的巨鯨發出低邃鳴聲，以及在全然真空無聲的外太空，將太空中的電磁震動頻率轉成磁性脈衝模式，變為可以聆聽的天體交響樂章。當我們一批倖存者，我與高鸚鵡在新時代音樂的沖刷醫療裡喝著香濃金橘茶，遠方異國的阿堯，同時履行他同志理念也同時揮霍他螳螂般性交後即棄的生涯。

當阿堯的過往情人，露水姻緣，朋友們和我，紛紛逃往高山大海躲避黑騎士降臨，我聽見背後硫磺與火燃燒的地方不論它叫所多瑪或是蛾摩拉，阿堯呼喊我的聲音，一通國際電話，一包託誰帶來的牙買加藍山，我忍不住回頭一望，看見那地方煙氣上騰如燒窰的霎時我也變成了一根鹽柱。

但我是甘願的。立在隱遁和焚墮之間，遭受風化雨蝕，饒是這樣，我才感到沒有背叛阿堯。

安忍不動猶如大地，靜慮深密獨若祕藏，故名地藏。高鸚鵡的電腦儲藏庫向我解碼了何謂，地藏菩薩。

原來如此，觀音十二願，普賢十大願，釋迦五百願，地藏本願。原來熟人在此，「眾生度盡，方證菩提，地獄未空，誓不成佛。」典出這裡的，地藏菩薩本願經，我高興得在高鸚鵡頭髮上啄一下。

我已來不及告訴阿堯，東京回到臺北家裡幾星期後，我在翻找資料時掉出若干貼紙，是他從前寄給我的。貼紙上印著各式符號跟標語，沉默等於死亡，無知亦即恐懼，Act up, Fight back, Fight AIDS。它們散落地上，人微言輕仍堅持吐放出恫嚇。我撿起一張張貼紙收好，好想告訴阿堯，並不是我不參加他的同志運動，歸根究底，我只是，我只是太怕，太怕呼口號了。那些我必須跟隨集體一齊叫喊一齊揮舞的舉動，總令我萬分難堪，無異赤條站在大街上，醜態畢露。我來不及說阿堯，原諒我只因為我是一個，一個有肢體語言障礙的伶仃人啊。

5

阿堯會原諒我的。

多少年前，我們在廣場上如癡如夢的人山，旗海，縐紋紙花潮裡，翹首盼見高遙處雙十錦簇的樓臺上偉人終於顯身了。很小很小的偉人，揮搖他白色手套臂膀向嘩嘩嘩喧騰的子民答禮，跟著呼起口號。那時我從未意識到也會生老病死的偉人已八十幾歲，那曾經透過廣播知悉的濁重口音，一旦親臨諦聽，比較尖細，比較微弱，馬上被四起八應的口號澎湃淹沒。我聽見了偉人的肉聲，偉人原來也只是個人。我周圍成千上萬人都舉起拳頭在呼喊萬歲，渲染成一片咒唱洪流。我背後突然劈響好像天裂開，簌簌簌飛出殞石，是和平鴿，掠空而過。汽球亦從我幾乎跳躍可觸的頭頂滑逝，彩鳥般麇集著向西翔升，從容優雅極了，升到空中淡然離散。唯有一隻繼續飄高，我仰望它，它帶著我快要滴出水的心往那高空飄去，高過了府塔的最尖端化成麻點消融於湛藍大氣層。

我們頭戴帆布藍鴨舌帽，被編派做為國旗圖案中的青天部分，二年級生做白日十二道光芒，別校生是滿地紅。女校學生戴著馬糞紙圈成的環冠糊滿洋紅縐紋紙花，各被編做字，阿堯堂姊的學校擔任了華字的草頭蓋，另有亮黃紙花的則組成了襯底。還有雙十，和梅花。俯瞰廣場，好一匹瑰麗織毯覆蓋住，口號呼動起來，蠕蠕把織毯掀了掀，曾是多麼激勵過在場之人。那個幸福的年代，只有相信，不知懷疑。

沒有身份認同的問題，上帝坐在天庭裡，人間都和平了。

那樣秩序的，數理的，巴哈的人間，李維史陀終其一生追尋的黃金結構，我心嚮往之，以為它也許只存在於人類集體的夢中。

我來不及和阿堯討論，並非我不支持他的同志運動，我只是很迷惑，很在意，若是那麼秩序的巴哈樂境，物各有位，事各有主，男的男，女的女，星與星默默行健不亂，仰歎浩瀚法則的美麗，莊嚴，在其中，可也有我們同志的位置呢？或者我們是例外，被剔除不在的？

我好想李維史陀給我解答——我常常不能相信史陀是今世之人，只要我買一張機票到巴黎逕赴法蘭西學院社會人類學試驗室，就可以親聆法言。

$E=MC^2$，宇宙最後方程式，宗師們畢生的結晶，釋迦牟尼也不過一偈，「諸行無常，是生滅法，生滅滅已，寂滅為樂」。

我想請教史陀，他的矩陣代數模型，相剋相生的烹飪三角形。他的親屬單位三原子，血緣、繼嗣、姻親，乘承比應衍變為複雜的關係網絡。此網絡使人類區別於自然，是人類所特有的。動物們無從區分自己跟自然的界限，它們還沒有從自然脫離開來。此網絡成為可與自然匹敵的獨立體，與自然既對立，又統一。他做為人類學家的終極，要找出空間時間糾結埋藏下的結構，那個超越經驗的深遠的實在，其恆固，連時間流動也不能沖倒。

我好焦急問，然則我們這些人呢？佔人類也許百分之十的屬種，如何座落於他的矩陣裡？結構如何說明我們？我們是網絡篩出的畸零份子嗎？

我們是巴西中部博羅羅人村落中的那名單身漢嗎？在那裡，祖先與活著的人同等重要，所以不承認無子女之人具正式資格，因為得不到後代崇拜的人就無能躋身於祖先之列。孤兒亦然。單身漢與孤兒，將被歸入殘疾人或男巫一類。

巫扮演著非社會的角色。他是一種神召，和某些靈，不管邪惡的或強力的，訂了契約。他會醫病，預知未來。靈守護他，同時也監視他。靈借他的身體顯形，全身痙攣，不省人事。他跟靈結在一起，不知誰是僕誰是主。他明白自己已然被召喚，其徵兆，體內一股惡臭，他逃不掉了。

無從選擇，不能改變。

正如大多數被徵召的，嚎啕起來，為什麼會是我！

不可選擇的存在的自我，究竟，是什麼？如果改變，會怎樣？改變自我即否定自我嗎？否定了自我，存在的意義在哪裡？

我曾經一整個秋天到冬天掉在這個把自己問倒的抑鬱裡，那股氣味，塵霉的書蠹味之上，不時拔竄出一陣尖銳的阿摩尼亞味。我獨自坐在圖書館的研究室內，任書荒廢，意念一個接一個生滅競逐，把我驅往最終是一片妄念垃圾場的不毛之地。我什麼都不能想了，呆看高聳氣窗外一方格黃蒼蒼天，就像空洞無物的心任其涼索下去，天黑時，風拍得氣窗哆哆震響。極少人進出研究室，門推開了，灌進來走廊彼端廁所的羼鼻味。

當然，不會有任何答案。存在或不存在，答案永遠不出現在思考中。史陀老早就說了，存在主義對自體的種種冥想過分縱容，把私人焦慮提昇為莊重的哲學問題，太容易導致一種女店員式的形上學。

答案，只在履步唯艱的行動裡偶然相逢。對於每個存在的每個樣態，它都只能是獨一無二的。

我的親愛的同志，小鳥，兩次自殺未遂。他一直以為那個黑洞般的邪靈是源於社會親屬父母的壓力，結果他在自殺裡遇見了答案。他告訴我，那邪靈是你自己的一部分，它來的時候，歡迎它，與它談話，然後，你會習慣它。

五十八歲愛滋去世的傅柯，他的傳記英譯本在倫敦問世了，報紙刊出他照片，兩手撫抹光頭也許是對鏡整裝的特寫，蛋形墨鏡架在白面上好像貓熊。他早年受盡折磨，每每半夜外出，留連酒吧或街角以覓露水之歡，回來卻被罪惡感擊垮，癱倒於地不能自已，要電召校醫來制止他自戕的衝動。此後十多年間，他自我放逐流徙各地遠至北非，七〇年代初才回到法蘭西學院。他最後在寫著的性意識史，未完即病逝。

好艱澀嘮叨的性意識史，依我看來，無非他的懺悔錄。他提出的性與權力的關係，廣泛被學者括引，延伸，炒作，太好用了。然而這班學者不過搬弄語言，記號跟記號所指的對象從來不發生關係，因為從來沒有什麼對象的存在。學者們在做一場智力體操訓練，專技替代實相，讓他們在學院裡罷。

而傅柯不。他是有對象的——他自己，跟他所存活於其中的世界。二者之間，他真想問出個答案來。

在別人，是辯術。在他，存亡之秋。

他亦即性，刻骨銘心給他激悅給他酷痛的性，他用了一輩子功夫去實踐。當他漸漸能看清楚它，理解它，說明它的時候，他也走到了生命的盡頭。它跟他一齊埋入土中，像無價之寶乍現於世隨即不知所終。後代尋寶人，一切一切，仍得重新來過。

答案的代價，要用肉身全部押上換取。而每一個唯一的答案，是註定了，無法傳授的。

我很悲傷，走過漫漫長日，就在我們似乎摸索到自己的一個答案時，我們也老了，快死了。這千辛萬苦獲來的果實，這一肚子的經驗，眼光，鑑賞力，都將化為塵泥，無益於人。我們好熱心想授予晚生者，但我們被認為是過時的。年輕人，就更別提了，他們簡直不曉得這幫老鱷魚如此念茲在茲是幹什麼呢。有陣子我太過悲傷，面對一課堂學生的片刻，淒然說不出話，良久，只能自壯行色的發出吆喝，大家到外面曬太陽吧。

是的性意識史，他與史陀多麼兩異。

屬於史陀的答案已經在那裡了，成為一種活著的姿態，深雋的，凝注的，雍容的存在。至七年前還有巨作出版，「妒忌的女製陶人」，史陀說，論題仍是相同的，不同是感性的內容。宗師健在，我與他同活一世，看得見他不時又別出新裁，依然敏銳，我甜蜜得背轉身來，拭去幸福的眼淚。

傅柯不然，他難掩憤情。面對性與權力互相盤錯築起的，好一座堂皇的性意識機制，他先諷之，繼撻之，他一手插進麵缸裡了。他發覺，自己也是性意識機制的一部分，事實上他從它而生。他不料，打到自個門上來。

他揪出自己，招供說，第一個被性意識機制包圍被性意識化的人，就是游手好閑。別忘了，他出身富有的資產階級。

他坦承，勞動階層一直並不受制於性意識機制，他們自活於聯姻機制裡——合法婚姻，多生育，亂倫禁忌。

他以為性意識萌芽於中世紀基督教懺悔。明確說，從十三世紀初發佈的新懺悔守則，指令所有教徒必須定期的，絕無隱瞞的自白。自白的核心，當然，是性。到十六世紀，自白演義為苦行，神修，神祕主義。其用以分析和陳述肉慾的千百種方式，已發展成一套豐富細膩的技藝。數百年間，性之真實，透過這種言說傳播下來。

它一度嚴格屬於宗教的範圍，隱蔽不留痕跡。十八世紀末，它開始脫離教會。性之真實，不再用以往那種言說了，罪惡與救贖，死亡與永生，它被另一種言說取代，醫學，心理學，精神分析。性還了俗，進入治安的範圍。語言本身，性的符號，受到猛烈衝擊。

它是健康狀況的身體問題，不是最後審判的哲學問題。肉慾從天庭降諸地面，附身人體。現在，新的技藝手段完全不同了。不靠權柄，靠技術，不靠禁律，靠正常化，不靠懲罰，靠管理。肉體成為知識，知識產生權力，複雜而多樣的漸成機制，無遠弗屆普及開來。

性意識，如此，以科學言說為屏幕，在迴避性的同時光明正大傳播性。性成為公共事務，不僅沒有受到壓抑，反而愈來愈擴散到事物和肉體外面，刺激它，表白它，讓它開口說話，命它講出真相。性意識成為一時代人的求知之志，自相驚擾，喋喋不休。傅柯說，我們這些維多利亞時代的人！

傅柯，總而言之呢，就是不要被收編。

儘管現在，性權力的組織多麼開明仁慈啊，它早已廢除了鐵和血，改用更精緻的訓導和調節。尤其對所謂，違反自然，它好努力保持著醫學語態，描述的，中立的，不摻道德判斷的。它像為植物分類一樣，幫形形色色的性實踐命名，雞姦啦，獸姦啦，戀物癖，戀童癖，窺淫癖，暴露狂，性倒錯，自體性慾癖，老年性慾狂，鉅細靡遺，時增新詞。違反自然，業已形成專門學，享有它給予的自治權。這是社會頭一次，如此降尊紆貴，懇請每個人陳述自己肉體享樂的祕密。

但是傅柯，他一點也不領情。

他的騷亂的內在，他的同性戀身份，他堅拒被管理。他討厭心理醫生跟專家，笑他們是出租耳朵攫取性祕聞而率先進入性興奮。每思及權力善心要負責起他的性，並且好溫柔的觸拂過來了，他便焦躁難安，苦思反擊。

他不斷在字裡行間放出警訊，太狡詐，太太太狡詐的性意識機制了！它使我們歡欣鼓舞服從於性意識的專制，還使我們深信，我們已從性公開和性透明裡得到了解放，從性享樂得到了自由！

他慷慨陳辭，激揚文字。他抓起矛戈揮舞著衝上前，挑去罩紗，他要揭開它的真面目。

他大吃一驚。

此刻，他眼中的性意識機制，已自我運轉膨脹成一座龐然大物。原本，寄存於聯姻機制裡的性意識機制，曾幾何時，不再受繁衍後代的束縛了。它脫開生殖的制約，一逕強化肉體銳度，官能質量，追索幽昧難於捉摸的感覺之跡，築起性享樂殿堂，縱情不返。

他似乎預見，性意識機制，今後必將帶來浮士德式的誘惑，一個社會，用全部代價來換取性本身，性的主宰。為了性，值得一死。

他來不及多講了，遭滅口的證人，僅及提供一條線索。吐出最後一口氣，似偈似讖他說，性，一切都是性。

未完成的性意識史，到這裡，沒有了。

他似解脫，沒解脫。似得到答案，沒得到答案。

我一路跟他跑，跑到崇峻斷崖上，天絕人路，他不見了。我大聲叫他，沒有回答。地到無邊天作界，不不不，那不是泰山極頂摩崖石刻，不是無字碑，那是一九四二年的斷崖公園。

那斷崖，阿堯曾去憑弔過。二次大戰期間田納西威廉斯於米高梅製片部工作的一段日子，住在聖塔蒙尼卡斷崖公園附近。公園種滿大王椰，崖邊一道石頭圍欄。整個燦黃夏天，沿加州海岸伸進陸地七哩，實施燈火管制以防日軍空襲。每天晚飯後威廉斯騎腳踏車到斷崖公園，園內遍是年輕軍人。太平洋迴光返照，他騎車經過，巡逡幽冥中的燐亮眼睛，投合者，他即掉頭騎回來，停在旁邊佯看海景。他會擦亮火柴點上菸，借火苗的瞬間審定獵侶，果然好的，便相偕去他住處。不好的，他會再釣第二個，第三個，夜夜不休，在他那棟叫斷崖名邸的公寓。

阿堯告訴我，若不是威廉斯寫下日記，誰也不敢相信曾經有一夜，他跟一名海軍陸戰隊員，他一連玩了他七次。

那斷崖，我稍稍朝下一瞥，魄眩神搖。我站在那裡，感到了也許傅柯也感到的，色情烏托邦。

在那裡，性不必擔負繁殖後代的使命，因此性無需雙方兩造的契約限制，於是性也不必有性別之異。女女，男男，在撤去所有藩籬的性領域裡，相互探索著性，性的邊際的邊際，可以到哪裡。性遠離了原始的生育功能，昇華到性本身即目的，感官的，藝術的，美學的，色情國度。這樣，是否就是我們的終極境地？我們這些佔人類百分之十屬種渴望到達的夢土？

傅柯無語。

我站在那裡，我彷彿看到，人類史上必定出現過許多色情國度罷。它們像奇花異卉，開過就沒了，後世只能從湮滅的荒文裡依稀得知它們存在過。因為它們無法擴大，衍生，在愈趨細緻，優柔，色授魂予的哀愁凝結裡，絕種了。

是的，恐怕這就是我們淒艷的命運。

過去的，或是掠逝的，或是要來的，航向拜占庭。

航向色情烏托邦。那些環繞地中海，遠古遠古多如繁星的不知名小國，連神話都沒能傳下來的，終結者。我們是，親屬單位終結者。

6

航向地中海。

我們是日落之後到日昇之前產卵的海生閃光蟲，一片閃閃亮白曾經讓哥倫布以為那是陸地。

我們的婚禮，畢竟，阿堯不知，是在世界最大教堂，教宗所駐地羅馬的聖彼得教堂舉行的。

我在忍冬和薔薇綠葉爬滿的花棚陽臺上寫明信片，八月末，但我飽實的幸福感好像聞得見花開的濃鬱香氣，不時要泅出水面般深呼吸一口，才能潛筆書寫。

明信片一張寄給妹妹，若望保祿二世的大特寫，精雕權杖，白色冠冕繡藻紋，妹妹會反覆細看。一張西斯汀教堂全景，給阿堯。

我寫親愛的阿堯，祝福我吧，我在羅馬，他姓嚴，我們非常相愛……即便是現在，一如當時，寫到這句話我仍難以為繼，我得站起來走走。

我聞見當日早上那杯卡帕契諾撒肉桂粉的氣味像颱風颳來，我避到角落，讓它摧枯拉朽自我屋中掃過，破牆而出。我轉過身來看，從颶風過後滿室瘡痍裡掩袖望回去，看見了今日臺北的低壓雲逼在窗外，而當日早上的永桔熟睡在藍染布大床上。

永桔，跟我，至阿堯死時我們長達至少七年的伴侶關係，七年！我連名字沒告訴過阿堯。

我倚傍門側癡看永桔，天啊他這時的睡姿，俊美無瑕如米開朗基羅壁畫中的亞當。昨天，我們在西斯汀大殿下仰歎真跡良久。莽莽雲漢，上帝創造了男人。壁頂這端的上帝，那端的男人，彼此伸出臂膀，和食指，在空中幾將要觸及到的，數百年後，激發了史匹柏拍攝出ＥＴ與人類男孩第一次接觸時的經典畫面。然我哀哀感覺到，上帝與男人，他們的神情，手勢，不是觸及，是訣別呀。為了世界的建立和延續，「你將離開你的父母」，無論如何，何時何地，都永遠是一條金箴鐵律。對於我們，親屬單位終結者，你將離開你的男人，一個，或一個又一個。

最幸福的片刻，我每每感到無常。

我忍耐住溢滿胸膛的眷戀不去騷擾永桔，讓他好睡吧。我把木門稍掩住，擋開東曬的太陽。他稠密帶點自然捲的烏亮頭髮，流映著霓虹薄光，髮腳濕濕滲汗。不要驚動，不要叫醒我所愛的，等他自己情願。

我坐回白漆鐵桌椅前，椅的背跟腳做成像蔓鬚翹翹捲起。我繼續寫，此刻我的心情，你還記得那首詞嗎，水遠山長愁煞人，就是這樣。我們去了梵帝岡。NHK出資修洗西斯汀教堂壁畫，一邊拍紀錄片。前半廳已洗乾淨，現洗到中段天井，聽說八八年到九二年洗最後審判那部分。當然，去了西班牙廣場，相同鏡位按下照片，想像赫本當年。我們打算去費里尼的故鄉瑞米尼，也會去威尼斯，翡冷翠。開學前回臺灣。

信發紐約，除了東京的媽媽家，我只有這個地址，阿堯卻很可能在任何地方革命，雲遊。我一直疑心他是否收到這信，雖然他的同居人不識中文但會保管好他的東西。我至終沒有得到他給我的祝福，電話裡，託帶給我的貨物附夾的便條裡，病中相伴的日子裡，都沒有。

唯有一次，永桔接了通電話交給我，是阿堯。醉醺醺的聲音，要我猜他在哪裡，我說，你喝太多啦。

他說，給你一個線索，聽著，我在，波，本，街。

喔，我說，紐奧良。

他開心死了，嘖嘖親吻著電話，含糊朗誦起來，我聽懂一個意思是，當棉花稱王，砂糖稱后……以下的咕嚕嚕呢喃中，忽然我聽見一句，剛才那個人是誰，姓嚴的？

我以為聽錯了，確認一遍，什麼？

他縱聲一躍，清晰唸出白蘭芝的傳世臺詞，我一直依賴陌生人的慈悲……

我屏息等他說下去。

但他也像白蘭芝無聲消失於舞臺，留下嗡嗡的話筒在空中懸盪。我著急叫他，喚無人，筒裡是混濁的環境聲。在那釀有後勁強極了的颶風雞尾酒的法國區酒店，他這隻老鱷魚若是被搶被殺或猝死了，我一點都不吃驚的。

我勉力回想，他說了嗎，姓嚴的？那麼，他是收到信了。還是，根本我聽左了？幾回，我如鯁在喉。本來我可以最輕鬆不過的問他，有沒有收到我在羅馬寄給你的明信片？可是全被我的怯懦，莫名其妙的自尊，一再延宕，終成啞果。我既已向他吐露了愛情，他不回禮應對，我是絕不再提的，除非他問，而且，要看怎麼問法。

他電話裡的輕率，我好納悶，是否他壓根不把此事當事。是否他早已洞察，無非萍聚苟合罷了，久一點的，緣盡即散。我彷彿看見他用那種犬儒的笑神，再度把我撥惹。許多次假想辯論中，我跟他一來一往問答不休，永桔付以最大耐力和好意傾聽，每也熬不過我幾近歇斯底里的冗長獨白而昏昏睡去。我一人輾轉反側，竟至把自己翻跌到床舖下，驚醒了永桔。永桔坐起來瞧我，好氣又好笑說，沒見過有你這種人哦。

我唉聲嘆息不能平靜，非得永桔索性也不睡了，起床弄喝。

可人兒永桔，侃侃的一撇一撇步去廚檯那裡，渾翹，結實，他就有這個自信任我一覽無遺，百試不爽的聽我由衷發出詠讚。我惆悵說，要是阿堯能認識你就好了。

永桔側轉四分之一臉向我，他這角度最俊，像煞希臘男神。他說，你不怕他把我搶走啦。

我瞬間領悟。此刻，阿堯死後的兩個月，書寫當中，文字告訴我，阿堯吃醋了。

因為我與阿堯，我們之間的感情，如同一個九十歲老人的記憶。老人們的記憶很奇怪，越近的越淡忘，越遠的越記得。老人們的日子，過去，像是一張一張珍珠色的停格，後來到現在，則像快跑的片子一團糊了。我們亦然。越到後來，當我們越分歧，越多新人新事參加進來的總和超過了我們往日所一起擁有的甜美資產時，我們變得，死命護守住共同的，而不願去碰觸相異的。

我們後來並不多的相聚裡，除了敘舊，敘舊，仍是敘舊。多麼愉快，且總是把我們從殘酷大地洗脫出來的敘舊，其實又是多麼脆弱。一旦觸及現在，我們對待彼此的過分認真，和在乎，難以苟同，就爭論起來，好傷。我要到這時候才明白，見色忘友，我那樣暈陶陶向阿堯吐訴我的愛侶，曾是多麼打擊了我們之間的情契啊。

情字這條路，多方面來說，阿堯都是我的啟蒙，前輩。當時，我自管癡想能帶永桔去見阿堯，不過為博阿堯一辭之讚罷了。得到他的嘉許，勝過世間各種福證。我巴巴捧著所愛到他跟前，他若激賞，我高興還來不及，他若要，我會給嗎？我不知道。但在阿堯前面，我是如此驕傲，如此淡然，我想，我會給的。我喃喃囈語，永桔呀，你們一定會很投機，他喜歡法斯賓達，你也喜歡，你們可以痛快談一談亞歷山大廣場。

永桔對我抗議了，用一杯琴可樂堵住我嘴，可不可以暫時不談你的老情人，他說。他就是不相信我跟阿堯沒睡過。

我口乾舌燥，一杯琴可樂灌下去，享受冰涼汽泡在鼻尖迸跳且炸上眼睫，打個大噴嚏，真舒服。我瞧永桔，他偶爾拿阿堯來逗我，遠在天邊的阿堯竟成了我們的催情素。可不是，可樂裡一點琴酒，已足使我滿面飛紅，翦翦雙瞳。

酒仙永桔，漱漱口，他給自己弄了龍舌蘭酒。將鹽巴抹在手背，持檸檬片，喝時舔一口手背，啜一下檸檬，把酒送進嘴裡。這個過程，他只消微微予以色藝化，必定燎起我原始大火，發狂跟他抱一場，這樣，才剷除了阿堯在我腦中的糾纏。

那年初秋，我們借住羅馬的莫莫家，白天踏遍城內古蹟，晚上繾綣到天明，苦日短，苦夜短。終至兩人都泛出黑眼圈，約定徹底休息一日。哪裡也不去，聽音樂，睡覺，看書，做菜做飯。

莫莫不時騎單車過來，帶來他女友做的玫瑰醬和桃醬，抹餅乾吃，喝普洱茶，鐵觀音。莫莫女友猶裔波蘭人，對莫莫的兩個中國人朋友很有好意，約了見面吃飯，夜晚我們在一家十九世紀老店廊下叫了炸魚，喝冰凍伏特加，等她。她在內政部上班，正忙於替大批申請政治庇護的波蘭難民當翻譯，結果還是趕不來。我們曾在街邊仰頭望見她打開公寓窗戶丟下來一本導遊冊子給莫莫，朝我們搖搖手像古堡公主隨即隱沒。

莫莫家，我猜原本是閣人的居所，宅院進來大門邊，低窪於馬路的小室，白晝也要開燈，以櫥架隔間，分出廚區，音響搖椅區，書桌打字機電話傳真機區。室中央僅可容身的鐵皮螺旋梯，我跟永桔有本事二人同爬，麻花絞藤般嬉纏而上，豁然開朗，大床墊，浴廁。推開百葉門，轟隆隆滾進眼盲的鑠金光線，跨出門檻，屋頂上花棚平臺好一片綠海。我坐在那裡，仰看攀滿菖蘿的樓堡，現今分住兩戶人家，跟莫莫共一扇院門進出。我俯看莫莫的毛澤東選集，喝霉味甚重的茶，為試試裝茶的那筒劣質錫罐上倒有一個風雅的名字，廬山雲霧，是青茶。

我唸道，山！快馬加鞭未下鞍，驚回首，離天三尺三。這是長征路上，經骷髏山作的十六字令。原來一位會作詩，一位不作詩，分了兩岸風流。

莫莫推薦卡帶我們聽，昂揚的進行曲，歡頌著紅太陽，社會主義的祖國。事過境遷，那班抖擻極了的男女齊唱真令人訝笑。但莫莫仍興奮起來，跟著唱，毛主席是無產階級祖國的舵手！叫我們注意聽，是藏族在唱，然後換哈薩克人唱，烏茲別克唱……莫莫用他義大利人特有的肢體語言表示著荒謬，太荒謬了，使他看起來很像一名跳舞病患者。可這裡頭也按捺不住的，是他逝去的青春鬼影在躍躍欲試召喚著他呢。

我們得凝聚最多耐心湊興，以免失禮。莫莫更獻寶放送出電影主題曲，馬路天使啦，夜半歌聲，漁光曲之類，果然又引起識貨者的連連賞歎，我們扮演著十足知趣的朋客。當莫莫尖起假嗓子隨磁帶秀一節「蘇三離了洪桐縣」，永桔抽著蘇聯長濾嘴菸，在那氤氳煙幕裡用眼神把我從上到下癡癡吻一遍。逼我趕緊自救，換個彼此看不見的角度自笑。但永桔打量到側面我鼓起的笑頰，呵呵呵調侃起來。莫莫卻被鼓舞了，以為我們在笑他，紅掙掙的又去開新酒，長筒陶瓶，介紹是荷蘭酒，執意每人喝一杯，不管每人腹內混合了多少種奇怪的酒。我們挨到莫莫好悵惘離去，牽著單車的身影，五步一徘徊，突然高呼一唱，毛主席是無產階級祖國的舵手，消失於轉彎黑暗裡，我們已烈火燎原一路燒回屋子去了。

休息日，可惜莫莫沒有出現，否則我們會全心全意奉陪，相聲到紹興戲，都行。不為借住他的房子，而為他天真爛漫的中國熱怎麼到了這樣一把年紀也不稍稍減退。他七四年遠赴遼寧大學唸書，毛裝蹲在畦壠裡的照片，種菜嗎？黑白的，但他眼珠無所遁藏的地中海藍，流落番邦的，在那個天際線垂得低低的北大荒曠野裡。

他一屋子擺設，達摩聖像，貴州織品，鄭板橋的竹和拓字，蘇州版畫。陝北老婦用大紅土布縫製成的獅龍，小毛驢，虎頭鞋，百衲袋。吊在燈下的皮影偶，女籃五號電影海報，床頭一對木框裱的其實甚爛的草書聯子。以及雲南藍染布做成的罩被覆蓋住整張大床，我們睡臥其間，宛若浮沉於密密的水藻珊瑚枝子裡。我目睹這一切，怎麼像是目睹著我自己的青春殘骸，遍地狼藉。

曾經，一夥人奔相走告聚齊了，竊聽不知打哪兒錄來的帶子，民謠，小調，管弦樂演奏的梁祝，穆桂英掛帥。朝聖的心情，把燈都熄了，點一枝蠟燭，傑坐在錄音機前負責操作，靈媒般控住一屋人呼吸。帶子跑了好一會兒，只聽見殺殺殺的空跑聲，驀地，嘀——一叫，似男似女，拔起我們一脊樑雞皮疙瘩。好嘹亮的男人音，嗚黠直上一千尺，天靜無風聲更干。傑燙灼灼的眼睛望向我，確定是這一刻，我們互相電著，開啟了往後，往後，我必須像撕開一塊大疤的，往後我慘厲的初戀。

我曾經，每聽到信天游，那幾聲劈裂嗩吶，令我心一抖滾下熱淚。我也簡直戀物癖似的，著迷於北方大褂那種藍染。所有這些，重逢於羅馬莫莫家，卻怎麼都變成了感情淬光之後的糟粕，一如唐僧抵達靈山渡河時駭見水面溜下死屍，是他脫掉的凡身俗骨。

近來我物慾越淡泊，衰老的兆徵。

我與世界，若即若離。如此靠近天堂，而無墜毀之虞。永桔謂，再沒有一人比他更能了解我的酷。他說，像戴維斯的小喇叭音色那樣行走於蛋殼之上。

不要演奏你知道的，演奏你聽到的，戴維斯謂。

永桔發現莫莫居然有一張戴維斯ＣＤ，反覆眷聽著。他告訴我，這張ＷＡＬＫＩＮＧ，是ＰＲＥＳＴＩＧＥ唱片公司時期錄製的，五四年紐約，二十八歲的戴維斯戒毒成功，改變酷爵士風格，演奏質野有力的硬咆勃。

他教給我聽，戴維斯幾乎不用顫音，彷若人聲，時而遙遠憂思，時而堅定，明亮。有一種空間感，很簡潔，戴維斯說過，他總是注意在聽是不是能把什麼省掉。

永桔模仿給我看，戴維斯吹奏加了弱音器的小喇叭，彷彿對著麥克風吐吶。沒有明確起音，起於恍惚不定的瞬間，又同樣，結於無所終之處。永桔背轉了身去，戴維斯常常背對聽眾吹，吹完獨奏的部分就下臺。永桔如入無人之境，隨底下傳上來的怡蕩奏樂在那薔薇棚壁前忘我搖曳。

他那好極了的節奏感，像跟音樂在歡愛。眼看他耳鬢廝磨就要到達時，忽又脫身迤邐去，延宕愉悅。旋律好順忍的繞住他，依從他再又來一回。似有若無的觸吻，他亦迎接，亦推拒，而已讓那輕觸吻遍全身，把他鬆鬆撥弄開，把他彈棉絮般，彈得鬆軟又蓬高。但他仍不允，教那親吻有點急起來，似踩著，沒踩著，終至順忍所可依從的極限時，他就回轉來，變得很馴良，聽天由命的任憑去。可這會兒，旋律倒又不急了，引領他緩緩朝前去，摸索著，猶疑著，是嗎？對嗎？思尋著。然而他已嗅見真理的氣味不遠了，激動起來，是的是的，就在前方，咫尺天涯。他超前跑過去，凌駕於節拍之上的急奏追隨來，是啊快到了快到了，他們在真理逼人的光芒裡熱烈囓吻著……

我妒羨交加，拭去眼角的淚光千萬莫讓他發現。

昨天我們在聖彼得教堂聽彌撒，傍晚五點那一場的，稀落少人，管風琴先響起來，像天使之翼從高闊無比的堂頂覆垂下來，我伸手握緊永桔。一列白袍披紅襟神職人員走過我們旁邊通道到前面祭壇，永桔回應我，握得死緊，如同世間新郎新娘於神前締約。

既然人的姻親制度裡我們註定是無份的，那麼在這裡罷，這裡米開朗基羅設計並開始建造，造了一百年才完工的圓形大屋頂教堂，締結我們的婚約。

我們在一起三年半，信守忠誠，互相體貼。但我不敢設想未來，如此一對一的貞潔關係，只是因為愛情？天知道，愛情比麗似夏花更短暫，每多一次觸摸就多一次耗損了它的奇妙。

似乎，我們只是剛好在都發過瘋病已經復元時，彼此遇見。渴望過一種穩定，放心，不虛空的生活，勝過其它一切。我們只是正巧在許多方面，同步了，因此幸運的維持著半衡狀態。我們互相有一份約束，恰如古小說裡的嫻美女子婉拒追求者所說的話，「我是有約束的人了。」

唯有過過毫無約束日子的人，才會知道有約束，是多麼幸福可驕矜的。

我們彼此同意，甘願受到對方的約束，而因此也從對方取得了權力，這就是契約。契約存在的一天，他的靈魂跟肉體完全屬於我，因此我得以付給他從外到裡淋漓盡致的滿足。

記得嗎，「特權，就是打仗的時候走最前線。」這個定義，曾讓蒙田在他的論文集裡大驚小怪描述了一整章。蒙田會見三個被帶到歐洲的巴西印地安人，他問在他們的國家裡，國王享有什麼特權？

不，不是國王，是酋長。中有一位酋長印地安人好傲然自得回答了蒙田，特權，就是打仗的時候走最前線。

我的特權，就是性愛的時候給他酣飽。我得以授予我的慷慨，這是幸福的。

往昔沒有約束的日子，我跟千百個身體性交，然而，後宮年輕漂亮的女奴們，在蘇丹懷中都變成了一樣。我想填飽慾望，卻變成色癆鬼掉在填不飽的惡道輪迴中。太久太久，我根本忘記了跟靈魂做愛的滋味竟是為何。我不曾指望遇見永桔，彼此傾慕，願意交換自己。以肉身做道場，我們驗證，身體是千篇一律的，可隱藏在身體裡的那個魂靈，精妙差別他才是獨一無二啊。

於是我們訂下契約，互允開發。當愛情夏花日漸凋萎，我們尚存足夠多的好奇心繼續開疆拓土，一時間仍興味盎然。

而我，而我依舊不敢，設想未來。

異教徒？或是背教變態性倒錯者？我們怎敢信誓旦旦。我們不過近似，首度石油危機那次突然風行起來的泛美廣告辭——享樂今天，明天會更貴。

看哪，神都會毀壞，何況契約。

就是聖彼得教堂，持有進入永生天堂鑰匙的聖彼得座像即在前方垂瞰信徒，彌撒的進行中亦難掩一股倦怠氣。儀式也成了制度和習慣，神就差不多快死了。現在，讓我們背教者的甜蜜好心情投射給昏暮沉沉的彌撒上，使之一變，換上來瑰麗色彩，如同一切一切的儀式之初。

看哪，奧深的後殿中央青銅椅上，放射著聖靈鴿子，萬丈光芒。正殿主祭壇四根大柱支撐起青銅屋頂，設若這是女媧的斷鼇足以立四極。祭壇地下三十多年前發現了記載中的聖彼得遺體，修成一墓。祭壇內有懺悔堂，九十五盞油燈，晝夜不滅，設若這是天地際極的二燭龍在守護。記得吧，那首詩，北斗酌美酒，勸龍各一觴，富貴非所願，為人駐頹光！我們要長命百歲，做愛到很老很老的時候也不厭倦。

我們握著的手沒有鬆開過，至分完聖餅才離開正殿。出大門，看看上面的渡海聖彼得，十三世紀馬賽克作品。天已黑，教宗高高的住處燈光亮起來，廣場上橘黃燈球也亮了。來時毛毛雨，廣場邊起虹。虹出雙色，鮮盛的是雄，叫虹，暗的雌，叫霓。我們互做霓虹，在難以承認我們合法關係的現社會，但願我們能存活著好比偶然雨幕把太陽光晰顯為七彩讓世人看見。

我們數著廣場迴廊的多里尼式圓柱，環繞對稱築成半圓形，聽說有兩百八十四根。數過來大半時，我們在一列無人蹤的柱影底下悱惻親吻，差點不禁，聽見群鴿西歸疾雨般掃過耳邊，忘記了數到第幾根柱子。

良久，我們讓澎湃起伏慢慢平坦下來，流入四周的罕靜。列柱，跟它們的黑影，跟西元初移豎此地的埃及方尖碑，縱深交錯幻如大峽谷，吸納著昔往今來無數計的時間，以至太過飽和，流沙無聲把人沒頂其中的時間塚呀，嚇到了我們。

我們一語不發，手攜手火速逃離，生怕稍慢一點它那巨大無息的陰影便追蹤而至。逃出大理石建造的繁麗商店街朝聖路，我們沿臺伯河緩緩走去巴士站，永桔說，所以我最不喜歡看古蹟，只會讓我感到死亡。他哽咽著，感到生離死別。

是啊我說，鼻子酸酸的，所以我們要好好鍛鍊身體，以便活到很老很老還可以做。所以我們下定決心，回臺灣之後，選個黃道吉日去驗血。不論萬一誰是陽性反應，我們都同意白頭偕老。

「在一切之中愛慕與事奉」，銀戒背裡一圈刻文，我們揣摸是這個意思。賣各種華美聖器的店鋪，我們挑選到算是最便宜的信物，互相贈給。我拉過永桔手指親愛啃食著，不含丁點慾色的，任他指上的銀戒咬得我牙齦瘆麻。

我記得，他在戴維斯的小喇叭演奏裡忘情搖擺，看著看著，我的人整個像只剩下一泡裸露無任何自衛力的心腸，軟嗒嗒淌著水晾曬於白晝下。

7

最幸福的時刻，我總是感到無常。

我每每害怕永桔太好的節奏感，太匀稱的體格，巧奪天工，必然早夭。我時時希望他魯笨些，不惜用灰垢抹黑他掩藏他的美貌。他在薔薇棚壁前狎音樂起舞時，我簡直如目睹宙斯從天而降化身為一隻宏偉的天鵝把他強暴了。我常常故意少愛戀他一點，做出冷淡的樣子，免得造化窺伺，一妒之下將他攝走。

我們到超級市場購物，推著籃車於貨架之間流覽。他走前面，轉瞬消失於通道底，我忙推車跟過去，盡頭左右一望不見人，頓時著慌。我折西走到底不見他，返東退回來不見他，氣急敗壞險不撞散堆疊成塔的洋芋片，卻見他好端端站那裡挑起司餅乾，而我彷彿一剎那白了頭髮。

不久我看到一部口碑甚差的港片，夢中人。的確它如影評說的，空洞，貧血，耽美，但我看了一遍又一遍，完全無可藥救。我不能相信，它竟拍出一段岔出劇情之外的氣氛戲，超級市場裡的周潤發對林青霞，與我同出一轍，其迫息和絕望，使我驚異是否我曾在睡夢中去導了那樣一場戲，或者那鏡頭什麼時候潛入我意識裡把它捕捉了去。至於瀰漫片中的氛圍，前世今生，因死別未能消耗的情慾到來世再燒，是由於無結果無後代的性，癲狂而抑鬱，我深信，非我族類斷難拍出。

耽美。我想起一位酷似尼金斯基的年經人，高顴骨，翠綠上翹的杏眼，經過第一夜的第二天，穿越海濱沙丘他對他的情人說，昨夜你讓我了解到美好的疼痛是什麼意義。是呢美好的疼痛，這是耽美的本來面目。受虐與耽美，原來是一對孿生姊妹。

被獻祭，被注視，被動的存在體，隱密卻蓄滿風雨。好像少女青春期的悼亡之苦，埋葬了童年，告別了她的獨橫自我，順從進入成人生涯。若這苦痛一直漲高漫過閘口，她會變得自虐，諸如吃泥土，嚼粉筆炭塊，喝食鹽水，拿針扎手。我們亦然。或因長年處於背叛人也被人背叛的宿命週期裡，我們都有受虐和耽美的傾向。

在幽閉劇臺上，一抹聚光底下，委婉棄於地的平源之戰裡的靜御前。她身著也許有十二層如大婚時穿的華衣，連同她黑緞般直髮，一層疊一層蓋滿臺階。她掩面回首，男人被殺，女人被擄，城國灰飛煙滅。

在莫內妻子卡蜜兒臨終的臉上，彌留著最後之光。油畫似草圖，筆觸很快，卡蜜兒晦澹已變形的容貌，黃色轉白，轉藍，轉入灰暗中，莫內來不及要抓住那消失的色彩和光。濡沫之妻，變成物體，與諸物體無異，為光所照，為光所棄。

在羅丹死前五年雕塑的舞者尼金斯基身上，技藝令人歎為觀止，妄想用塊，面，線條肌理逮捕瞬息萬變的流逝之姿，其緊迫跟逼臨，競逐無已。欲以肉身貼近永恆，直到七十七歲死了羅丹還是未能脫化他山林牧神的羊角羊蹄啊，好枉然。

凡我族類，不被准可的，允諾的，不被祝福，一如魔陣佈下了魍魎坎途，難有善終。我與永桔在偷來的忠貞愛情裡，戒慎被命運三女神窺破遂收走我們之間的信任。不確定感，像防腐劑使我們努力經營過一種紀律的生活，也像輕霧籠罩四周使我們依違遲遲，坐對生愁。

我跟守財奴一樣，攢著眼前的運氣眼前人，一點一點揮霍我們相處的時光。永桔離開我去做他事情時，不成文默契，我們絕不留戀，吻別，最稀鬆平常的彷彿他不過是到街口超商買些食物馬上回來，或他在浴室暗房沖洗照片而我去辦公室和學生談話。我們甚至迴避眼睛，害怕看見了自己的軟弱。別離前夜，我們不做愛，因為，因為那真是太慘了。我們會提早一天兩天，且故意草草，嚴防傷別所掀起的恐怖肉慾將我們殲滅。前夜，我們會去有家庭的朋友家度過。根據經驗，切忌族以類聚，言不及義的鬥嗔鬥笑鬥譏，或泡吧泡ＫＴＶ，酒精聲光，輕易便瓦解情緒，搞到一塌糊塗。

通常，我偕永桔到妹妹家，也就是看看電視錄影帶，妹妹張羅吃喝，兩小孩吵吵鬧鬧，央我扮大野狼追逐他們卻又嚇得嚎啕大哭。妹夫跟永桔默默下象棋，二人整晚上沒有聲音。小孩們睡後，洗了澡的妹妹坐在我旁邊同看影帶，香沁沁的，手底總不停或削水果給我們吃，或串陶珠，縫縫繡繡，讓我感到安穩。世界並不因我和永桔的分別而崩盤，我們亦很快就會見面。如此帶著好健康的心情連袂回家，好忙碌的各自弄睡，彷彿平庸極了的夫妻關係只是順著慣性運行。那麼，慣性就會理所當然推我們到下次在一起的時候，其間，並無空隙能讓意外介入。是的，我們必定再見，恩愛如常。

我們的小心翼翼幾至迷信，唯恐意外趁人不備奇襲。一次永桔出門前說我走了，令我心為之摧。所謂一語成讖，我走了，這不就是。我準備著隨時得到出事通知，任何一通電話鈴響，我顫慄去接，若聽見說，請你來醫院一趟，我將一點不覺意外。當日永桔亦有所感的比平時多打了電話找我，家裡，學校，小咖啡館，家裡，電話總是追蹤到來，而我發抖接聽，片刻間怔喜難言，倆倆也說不上話，真苦。經此一事，我們又多增一條禁忌，留心不使用走了，去了，拜了，之類同義詞。我們在佈滿機關的蹇途扶持前行，唯恐一個不在了另一個怎麼走下去。

他離開最久的一趟，赴川滇緬甸拍絲綢南路。當然，我們互不送行。只在門口結結實實擁一下，好明朗的兄弟情誼，沒有牽扯。他拎著行李三兩步下樓去，我掩門興嘆，也克制得住不去陽臺貪看他背影，以免坐實了命運的戲弄，果然變成最後一瞥。我閉目反芻他的言語，他曾從蘭嶼打電話給我說，能有一人這樣讓他想念著，真好。守貞的感覺，真好。像白山茶只為等待那位獨一賞花人來到，才一層層綻開它繁似堆雪的花瓣。多麼不吝言辭的永枯呀，教我涕零，我將之銘刻胸口火燙如一塊大大的腥紅A字，直到他回來，親手把它摘除。

他走後，我去理了頭。理過涼颼颼的頸脖，著風吹拂，把心田都曠廢了，長出漫漫荒草，滿目只有寂寞，寂寞，一望無邊的寂寞。

早年，缺乏經驗我曾被這股寂寞打敗，敗到非人境界。現在，我不過是江湖走多，自忖有些力量可以對付。

我會勤跑妹妹家，參加他們的家族活動。這使我蓬生於麻中，不扶自直，養住健壯的脾味。我會謝絕各種夜間聚會，不冗談，不宴飲，不狂歡，不晝寢，甚至不嗜讀。設法早睡早起，大早在日光裡慢跑，使我夠力氣來度過永枯不在身邊的每一天。我甘願約束自己像一句古語所形容，待字閨中。

然後，面對夜霧光臨寂寞掩至，我便敞開大門讓它進來。寂寞是不能排遣，打發的。我太明白，遣而遺之，隨即，它又來了，而且這回，它要的更多。寂寞唯有一途，就是與寂寞徹底共處。

它盤據著全部身心，使人無書可閱，無樂可聽，無帶可看，書寫無字。我幾乎聽得見它白蟻般在蛀空我的心房，骨髓，腦髓，竊取了我的軀殼棲息其中。我白癡般坐地板上，看守一屋子永桔住過的痕跡，牀舖空空如也。我玩弄自己的性器，何以卻是如此疲賴，無味。勞倫斯說，所有的性都來自腦中，誠然，寂寞蝕空的腦子使得性慾也變得不能。

於是我放棄一切心智運作，開始體力勞動。燈火通明的半夜，大整理，大掃除。後來我看到隱遁的麥可傑克遜終於讓歐普拉去他的夢幻谷採訪，晚上涼風裡他走到外面，奇怪他的莊園和遊樂場修整得那樣人工一絲不苟，像一所優良的公共設施，一座模型陪葬物。遊樂場永遠令我傷感，想到馬戲，小丑，假日，童年，曲終人散，而那旋轉木馬音樂真是太荒涼，像一縷亡魂依繞不去還在憑弔往日繁華。麥可對攝影機介紹他的旋轉木馬跟摩天輪，燦晶晶開亮著似兩盤鑽石座落於絨黑夜幕中。他說他有時會半夜一人去開旋轉木馬騎，天啊這是我所見過最最寂寞的人。

有時，寂寞不僅是心理上的，它侵襲到生理。挺常見的方式，無來由我會突突心悸，一股急湍衝擊胸腔似乎向我預示什麼不祥之事，直至我喘息困難，歇倒牆邊用力深呼吸幾口，才漸消褪。不久，還會再來。它也會沉甸甸朝下墜掛，疑似脫腸。且分不清是站立過久，勞動過度，它會像鉗子一樣咬住我頸背肉，銳痛難忍，擺平於牀上。我乾睜眼珠，肉體疲憊之極，但要到寂寞也倦了，乏了，才雙屍縛抱在一塊兒的沉入睡河。

日復一日，我的白癡歲月，空心佬倌，端靠常識度日罷了。其荒莽無文，恍若白堊紀侏羅紀的一隻大爬蟲。

爬蟲日子我唯一讀得進眼的東西，是一篇色彩研究，關於紅綠二色在中國詩詞裡的視覺意象。

我帶在身上數唸珠般反覆誦讀，事實上，這篇研究更接近一冊蒐羅殆盡的色彩元素週期表。它臚陳了幾個色彩系統對於紅綠的各樣命名，單是日本人所著中國色名綜覽，依據MUNSELL色環羅列，以明度順序為先，明度相同的，彩度高者先，紅色，即有一百四十種紅。且看，色譜七．五R的紅，潤紅、淡藏花紅、指甲紅、谷鞘紅、淡桃紅、淡罌粟紅、蘋果紅、頩紅、瓜瓤紅、鐵水紅、草莓紅、曲紅、法螺紅、桂紅、榴花紅、汞紅、烹蝦紅、胭脂紅、蟹螯紅。

綠譜，一〇GY的綠，艾背綠、嘉陵水綠、嫩荷綠、紡織娘綠、水綠、繡球綠、螳螂綠、豌豆綠、玉髓綠、青菜綠、巴黎綠、青梅綠、螢石綠、秧綠、萵苣綠、豆綠、琉璃綠、藻綠、柞蠶綠、麥浪綠、蛇膽綠、青豆綠、淡灰綠、深琉璃綠、浮萍綠、草綠、紫杉綠。

逃避開文字的邏輯，連符號性也摒棄掉，文字成了萬花筒碎片，組合為繽爛景觀。我放逐其中忘返，純粹的色感花園，如在蒼蠅之複眼所見的世界裡營飛。

是誰語焉，我享受一個故事裡的並非它的內容，亦非它的結構，而是我加在光潔表面上的擦痕，「我快速前行，我省略，我尋找，我再次沉入」，本文的歡愉呵。是的，我來了，我看見，我征服，凱撒進入羅馬城時千古一歎。

何以解憂，唯有方塊字。

而歌德說，顏色學的關鍵在於嚴格區分客觀的和主觀的。這是顏色學造詣甚深的歌德所發出的偈語，俳句。

自然界的色，是本來就有著的呢？抑或透過我們眼睛看見的才是呢？又或者是莫內晚年患白內障而至須賴顏料簽條來選色，畫了二十多年的睡蓮，最後畫出是視覺消失之後的記憶之色，是無視覺無光無色彩裡所見之色？

我是？或我不是？我曾在自己把自己問倒的追問裡迷失了。如今，迷失依然，但何須多問。我願效善男信女每天把金剛經唸幾遍，不必知道經義，只是唸在鏗鏘，綿密的聲腔音節中，唸到死，像血液打著拍子流過人的身體而舞者逐之浮沉一生，煉渡彼岸。我唸著我自個的經，紅綠色素週期表。

鯨鬣紅，城上閃閃鯨鬣紅。

嘴初紅，養來鸚鵡嘴初紅。

水底紅，初日圓圓水底紅。蠻錦紅，窄衣短袖蠻錦紅。桃毀紅，妝成桃毀紅。撥刺紅，驚鼓跳魚撥刺紅。剪來紅，清香拂袖剪來紅。獸焰紅，松火紅，宿燒紅，大谷紅，腮上紅，後霜紅，躑躅紅，海綃紅，舍利紅，宮花寂寞紅。

半折紅、半丈紅，一腮紅，一點紅，一笑紅，蠟想歌時一燼紅，黃金拳拳兩鬢紅，何處飛來十二紅。

鬧紅一腮。

依紅，泛綠依紅無個事。

紛紅，人在紛紅駭綠中。駭綠，驚綠，慘綠，頹綠，厭綠，浮綠天無風，衝綠有人歸，吹綠日日深。

蒲葉吳刀綠，遙看漢水鴨頭綠，銅生綠，金間綠，丹如綠，霜留綠，侵衣綠，裁賤綠，勿嘆藍袍綠。

窄窄紅，窄窄紅靴步雪來。衰衰紅，岸岸紅，日日紅，子夜紅，去年紅，花開不如古時紅，明日的無今日紅，骷髏紅。

紅赤朱絳緋丹。

綠碧翠。

金井碧，釵梁碧，酒脂碧，檀欒碧，琅玕碧，天醴碧，蒲桃碧，鴛鴦碧，曲江碧，瀟湘碧，蘼蕪碧，秦淮碧。血化碧，朱成碧。

碧成朱，顏尚朱，兩紱朱，不能朱，兩違朱，傅面朱，唇砂朱，寒水朱，提梁朱，楊朱，我朱，靨朱，駢朱，紆朱，鉛朱，銀朱，金朱，紫朱，黃朱，丹朱，藍朱，墨朱，朱朱。朱太赤，血不赤，千點赤，三月赤，奔虹赤，羲輪赤，劍氣赤，鬢恨赤，妒君赤，空欲赤……

8

一朵紅，正月長生一朵紅。

委塵紅，老人偏喜委塵紅。

我唸著我自個的經，挨渡寂寞風暴，一如變蠅人阿堯在天涯海角向我打呼救電話。哥德曾說若是他沒有造型藝術和自然科學的基礎，那麼面對這個惡劣時代及其每天發生的影響，實在很難立定腳跟不屈服。

飄搖之世，偉哉歌德，能用詩文和顏色學植物學當做他的定風珠，走完高標一生。渺小吾輩，文字族，不過學了點法術，一套避火訣，隨時隨地即可遁入文字魔境，管它外面凶神惡煞在燒。

外面，外面是，一個吊梢眼男生出現在我桌前，脆脆的說，可以請我喝杯咖啡嗎？

我坐窗邊這個位子很久了，躲開交通尖鋒時間。可以看見外面騎廊下人與地攤沸成一團，也可以凝望窗玻璃上疊疊的物影深深處燈泡三五支渾如月子，男生就從那裡頭朝我走過來，直走到我跟前。我從那裡頭看他，很久了。

但他顯然已誤會我的意思，在對面坐下來，擺手向女侍要一杯墨西哥冰咖啡，跟我推薦只有這家店有，加了墨西哥咖啡酒，濃得不得了，沒有酒量的要注意，免得喝咖啡喝到醉，遜斃。問我要不要也叫一杯，我說不用。

他看出我無意交談，絲毫不以為困，打開揹包，拉出一串線管原來是耳機，和一座玲瓏剔透的寶藍色隨身聽。他戴上耳機，靈巧撥弄好指示鍵，軟駝駝垂坐那裡聆聽卡帶，兩手壓在腿下讓腳懸空著，有時俯首，放任茂黑漩渦的頭頂心給我看盡。有時側斜臉顧盼店裡，流動眼珠，漠漠又幼稚。他那一身家當，帥奇錶，金項鍊，紅繩絡一塊綠玉掛在頸下，大膽小妖精，多半有人養他罷。他潔白的ＦＩＤＯ ＤＩＤＯ恤，同牌子塑黑揹包，上面揮撇著歪歪倒倒的印白字母昭告天下，「費多只是費多，費多不惹誰，費多明瞭每件事，費多不評斷。費多就是年輕，費多不老，費多就是天真，費多有力量。費多來自過去，費多是未來。」

都是費多，哪有我們置喙餘地。

費多一代，其口音聽起來是六十年次以後出生的人種的國語——不不，正確說法叫做北京話普通話，活在臺灣國的今天，此國語非彼國語也。只是費多並不管這些，數十年過後，臺灣國媽媽的話也要被哀悼了，那時候，通行的國語，將是現前這個費多小兒的國語繼續異變下去的咬字和腔調。只要打開電視機，充斥於各頻道綜藝節目裡的國語，就是。到那時候，我輩人的國語，上個世紀的白雪遺音，會被訕笑也好，懷舊也好，都將一個一個凋零殆盡，爾後，這種語音，就從地球永遠消失了。

費多小兒，我無法直接目視他，他過於年輕的身體像大太陽下的金屬反射光，我不得不戴上墨鏡才能去看。之前我從窗玻璃的幽邃處發現他跟幾個男女孩子圍坐嬉鬧著，比我所有學生都更小更小的費多小兒們，月中兔影般，杳思不可及。後來他們都走了，敏捷輕翾像一尾尾雨後生出的紅蜻蜓藍蜻蜓，經過騎樓馬路一鬨散去，令我由衷發出禮讚。

咖啡端來，費多望著我臉聽候吩咐。我只把視線留在那杯冰凍冒珠浮堆鮮奶泡沫紅櫻桃的咖啡上，介乎沉吟，介乎頷首，莫非鑑賞什麼藝術品？他似乎獲得了我的許可，遂動手吃。

如此，他坦蕩極了的吃，再不覺得有欠而要對我周旋，因為他是那麼俊俏可喜任由我看，物超所值，是我佔了大便宜呢。他以耳機，以費多T恤和揹包上的費多宣言，表明了，謝絕打擾。他獨享於自我天地裡，何庸我有禮應對。

費多小兒是美的，他善知自己是美的，那股子必定於做愛時要打舞臺光的自戀勁，天賦異秉。LIMELIGHT，聚光燈，我曾經夜夜漂泊其間的小吧館。氬氧焰燃燒石灰照耀出強烈白光的舞臺，美麗受難者如嘉寶冰雕般的四分之三側臉供奉在上，被看，被寵，被崇拜，然後倏時枯萎，他達到了難以言喻的潮巔。尤物們生下來便是被看的，他要這樣好像才能完整。

好像，我們都有一個雌雄同體的靈魂。

被看，被取悅，好難取悅的，神祕莫測的陰性體。見到嗎，諸多出土於中亞跟小亞細亞遠古神母時代的，泥陶陽器密麻擺滿殿中為了取悅大地女神。是啊，看看頂原味普羅的色情讀物，無非都在描寫女體的快樂和滿足，非如此不足以刺激男人，滿足男人。剝開數千層文明外衣，推倒意識籬障，女體溢散著氣味，引誘哺乳，致使勃大陽器讓隱晦女體發出「是的，還要」的呼喊，是雄性一類的種族記憶，集體大夢。

我往往延宕歡愉，著蠱於燈下我的情人的臉，似仙似魔，好像他並非跟這個實體的我在一起，而是跟一個在凝視他的魅惑之力在展開著，放恣著。我只是那個凝視之力的媒介，他自個被自個縱情暴露所大量釋出的醚味，沼氣，弄昏迷了，沉淪得無以復加。

他越沉淪，我越粗暴。粗暴又溫柔，泫然欲墜的溫柔吻住他。

被凝視的陰性，與凝視著的陽性，並存於我們身上。

我每每訝歎，陰性體是他自己的一個創造物，他被他自己所創造出來。他只是展現，展現即存在，展現即歡愉。他像神話裡的，佈滿星星的身體吞下了太陽變成一個水平線，而太陽行經他身體時，他創造了夜晚，然後他產下太陽又創造了新的一天。

他從不說明自己，因此他是一元的，靈魂即身體，不曾分開。最美好的時候，他像是舞者所自視自矜的，傑的私淑大師曾經說，身體是件神聖的衣裳，是你的最初與最後的衣裳，是你進入生命亦是你告別生命之地，故而你應以愛敬的心對待它，以喜悅和畏懼，以感恩。舞者崇拜他自己的身體，他凝視著自己，脈脈無語。他顧影自憐。他像一首印地安人的歌唱著，忽焉美在前，忽焉美在右，忽焉美在左，我走在美中，我就是美。

我很訝異，所謂神性，亦即陰性。

陽性體呢，他才是從夏娃身上剝離出來的肋骨。

他長成雄性的模樣，與他的雌性一類共同存在，卻又這般不同。面向這個含默的被動存在，他又好奇，又困惑。他探看著，觸近著，撫摸著，試圖去理解，說明。他做為他自體，但他又是一名觀察員。有詩云，死海無生物，聽見魚發聲，當這個無語的汪洋終於對他掀開波瀾時，他狂喜極了甘願葬身之中。

不錯，科學是雄性的。吳爾芙講過，科學並非沒有性別，他是一個男人，一個父親，並且有感染性。

啊神話在什麼地方終止了？歷史在什麼地方開始了？史陀說，沒有文字和沒有檔案的社會裡，神話便是為保證社會的封閉性，使將來能跟現在和過去一樣。

也許，一切的神話都在訴說著一件發生在萬餘年前的騷亂。

神話揭示出隱情，自然創生女人，女人創生男人，然而男人開造了歷史。是的歷史，男人於是根據他的意思寫下了人類的故事。寫下了女人是他身體的一根肋骨做成，更寫下了女人啃食知識禁果遭神譴責的原罪。

可依我來看，倒是男人偷吃了知識的禁果罷。是他，開始二元對立的。是他，開始抽象思維的。他觀察，他分析，他解說。

他建造出一個與自然既匹敵又相異的系統，是如此與自然異體質的東西呀，男神篡取了女神的位置。女神的震怒，遂成了人類的原罪。

記住啊，最後的女神說，有過一個時代，你獨自徜徉，開懷大笑，坦腹沐浴……女神背轉身走入了神話的終止裡，讓位於社會秩序登場。女神的哀悵，成了我們失去不返的伊甸園。

我剖視自己，是一朵陰性的靈魂裝在陽性身軀裡。我的精神活動充滿了陰性特質，但我的身體，這個攜帶著生殖驅力DNA之身體，人做為一種生物不可脫逃的定數，亦是我們的鐵血命運。

DNA盲動要產造更多DNA，雌雄兩性各用了完全不同的生產策略。雄性是競爭者，數億個精子被一個卵子所選擇，雌性是選擇者。擔任生育的雌性需要一位肯合作的雄性夥伴，才能可靠傳播她的DNA，她好縝密，狡猾的選擇投資人。雄性的成功率則有賴到處播種，讓越多雌性生出越多帶有自己DNA的後代。瞧瞧我們，男人固然對女人負心，但男人對男人豈不是更加負心。

我們的陰性氣質，愛實感，愛體格，愛色相。物質即存在，此外別無存在。不冥想，不形而上，直觀的眼界裡所看見的亦即所存在的。二硃紅，月季紅，扇貝紅，柿子紅，瑪瑙紅，灰蓮紅，象牙紅，蛤蜊粉紅，銀星海棠紅，我誦著我自個的經，蒸紅，晴日蒸紅出小桃。

是的陰性氣質。可我們卻缺少育養天性，也無厚生之德。結果，我們的看見即存在，便傾斜到極端去了。如同一名維多利亞時代的女人哀嚎道，我震驚於我的美麗胴體，我一定要鑄造這座雕像！但是該如何進行呢？除非結婚，萬無可能。在我變醜，變老之前，必得鑄成。為了鑄造雕像，我必須趕快結婚。

凍結之美，拒絕時間，有時間就有折損。我們變成了馬拉美筆下那隻絕色天鵝，在冬日寒水裡自顧太久終至冰封雙足，再也無法掙脫。

我們無能傳後的ＤＮＡ驅力，無從耗散，若不是全數拋擲在性消費上，就是轉投資到感官殿堂，建之，鑿之，不厭其煩的雕琢之，有最多精力跟閒暇品嚐細節之末，浸淫難返，色情烏托邦。

被凝視的費多小兒，烏托邦之子。我羞怯不看他，只看窗外，微微嗟異。

從來還沒有愛過人折過翼的美少年，我祈禱他千萬莫愛上任何人。愛了人，就是墮塵的開始，我怎忍見他天人五衰弄到一身破爛臭敗。我不由唸出喃喃禱詞，他將負盡天下人，而絕不能有一人負他。

尤物不仁，以逐色者為芻狗。所以到我這把年紀，不過是蟻螻偷生而已。

我隱隱作痛想著永桔，他一去滇緬毫無音訊，想得沒得想時便想他大概死了，今年第一場山雪會把他掩埋。淚水模糊了我的視線，他的容貌他的聲音他的體味我快要記不得了……在這華燈初上遍地黃金的大城一隅，我跟費多小兒對坐良久，未有交談。

到我起身欲走時，我們才首度對上目光。費多的眼睛沒有一丁點紅絲絲，黑白分明依稀還帶著嬰兒的眼白才有的那種骨瓷藍，定定看進我眼裡真是無心肝。我自慚形穢，糟糕的吱唔其詞把臉燙紅起來，完全不符合我的疏冷內心。也許我說了，不走嗎？

費多已摘下耳機，酷酷的牽動一下眉睫，說走呀，零碎東西已扔進揹包裡，一旋身已輕盈離開椅子，牛仔褲旅狐鞋，走在我前面逕自直走出去，把他修長富彈性的背影放肆展露給我。

我略一瞥已盡入眼底，就不貪看，去付賬。感覺遠遠處他的視線X光般，上下將我掃描了一遍。我自棄而笑，不錯是隻癩巴老鱷魚。

在門口，我說，那，就這樣吧……

費多說，玩過抓娃娃沒有？

我羞愧說沒有。他唉呀一聲拍了我手一下，招我走向隔鄰一家店裡。

好涼軟的手，我跟隨他去，稍有喟嘆。我的意思非常清楚了，「那，就這樣吧」，意味著，雖然寂寞，但今晚我並不想，不過真謝謝你陪我坐了這半晌，畢竟我已老朽，你正似水流年如花美眷，承蒙相顧呵，那麼，是的，就這樣了，再見罷。我這一輩，像成瀨電影裡的人，女優高峰秀子，回頭一望演出法。

成瀨電影並不多的外景戲，總是倆倆邊走邊談話，有時成瀨使用軌道隨人物行走跟拍，最特別還是，讓一人走前一步回轉頭來，另一人緊上前去，二人再次並肩講話。以人物進行代替攝影機運動，營釀出細膩的韻致。

即使內景，成瀨亦執迷於室內外交界處，用光影落差造出來疊染和時移，復藉日式住宅互通有無的隔槅佈局，斜角，多層次空間，與固定鏡頭裡的縱深場面調度，築構出成瀨式景框。活動其間之人，行雲浮止，聚散無由。

小津曾說，我拍不出來的電影只有兩部，那是溝口的祇園姊妹，跟成瀨的浮雲。

橫斷風格家小津，較接近於陽性氣質。他的景框，數學的，幾何的，在垂直線和平行線裡梭織著感情。空鏡，是他盛裝著感情的容器。

成瀨已喜男，比小津多了顏色，更無痕跡，更無情契的，紛紛開自落，比小津迷人。小津靜觀，思省。成瀨卻自身參與，偕運命一起流轉，他一生愛好是天然。

那麼費多一代，既被動，又主動，俐落直線條，酷派誕生，無性的。他們寧願乾乾淨淨自慰，也不想跟人牽扯慾情弄得形容狼狽。他們比新新人類攜帶還更深的，自戀的潔癖症候群。

我必須不斷不斷調弦，以便看懂費多不致誤判。似乎，他並無意從我這裡換取什麼。其實他打量一眼就知道，不論是色，是財，我都少得可憐恐怕還不夠抵他對我顰眉一笑。他是在施捨給我罷，我從窗玻璃裡看了他那麼久，而我們之間貧富懸殊到根本我連要婉謝他的施捨，也難於啟齒。單看一件，什麼抓娃娃，在剛剛興起來當時，我壓根也沒有聽過。

他指導我投幣，如何操控器械夾取玻璃箱裡翻滾的妍彩布娃娃。他下達命令了，PAPA你去玩那臺，快，現在沒人，先佔那臺。

PAPA是我？我也立刻順從他的指示佔住旁壁一臺抓娃娃機。

PAPA？葩葩？琶琶？帕帕？杷杷？他叫我爸爸。我紅著臉，心臟胡亂跳，胡亂玩起抓娃娃，霎時銅板就光了。我回眼望費多，他正在抓得起勁沒有看我，唯露出璀璨之笑，叫我PAPA，去那邊有換幣機可以換零。

我亦果然去換了十個十元硬幣，都給費多。看他玩，看店裡各式各樣遊樂器，百家爭鳴發出震天價響，大片訊號燈和閃光的洪流，每人據得一磐砥柱便任它天塌下來不睬的埋頭自瀆者。我加入一圈小鬼圍住的桌檯，賽馬，押那隻無甚人押的塑料藍騎士橙褐馬，果然也一直輸下去。我堅持眷顧它，不改志，冥冥中竟似與它結成命運共同體。我不知身置何處，公元幾千年的未來世界？上個世紀末性和死亡的帝國維也納？抑或尼祿焚城前的羅馬？愛情神話嗎？

六九年還是七〇年，愛情神話於麥迪遜廣場大廳首映，在一場搖滾演唱會之後，有一萬名年輕人，大麻跟海洛因氣味瀰漫空中，整批嬉皮駕著摩托車跟奇麗汽車喧囂而來。天上飄雪，曼哈頓的所有摩天樓亮著燈。放映空前成功，每一幕年輕人都鼓掌，許多人睡著，許多人做愛。片子無休止放下去，銀幕上的正正在演出銀幕下的，愛情神話，神祕不可思議找到它的唯一時空。多年以後費里尼憶及，彷彿神話的密碼頓然破解，古代羅馬，未來一代，與觀影的現在，瞬間接著在一起了。它不再屬於費里尼，它是地質學上的菊石遺痕，以其不對稱的迴紋展示出來兩個差距萬年的時代同時並列在一個空間裡。

所以這是真的，費多來自過去，費多是未來。他的費多揹包，穿過兩臂縛在背後，像登山者，像旅人暫且駐足此刻。他的那雙艷白高筒球鞋泥塵不沾，又很像小龍女之輩，長居墓穴，睡時臥在一根懸繩上。

似乎，不知寂寞為何物的他，並無意施捨我什麼。

自戀的潔癖症候群，他們要一種絕對舒服無害的植物性關係。清淺受納，清淺授予，絕不要深刻。深刻具有侵蝕性，只會帶來可怕的殺傷力，是不祥的。我明白了些，籠罩在愛滋和臭氧層破大洞底下長大的新生代，體質好脆弱，他們亦試圖摸尋出適於共存著的生活氣氛，他們要避免任何深刻，唯恐夭折。費多接近我，似乎只因為我看來是並沒有給他一點點性方面的壓迫感。是呢，我原本為一枝無嗅無味的無色草。

比起他們，我們粗胚得多。邂逅，即火炎崑崗玉石俱焚，是再平常不過的事——沒錯只要對方溫煦，有意又是無比的歡快，容易就變得更容易了。

我告訴費多我要走了，整晚上他也不玩別的，總共抓到一隻娃娃。他說PAPA等一下，玩完這抓。他玩得兩頰水蜜桃紅快熟破皮的，使我真想跟一個親愛的爸爸一樣在上面親一口。但我只是兩手壓壓他肩膀，表示幸會，表示再見，我得走啦。

我站在大街，空白站立甚久，忘記要去哪裡。

初冬的夜風一陣颳來，動搖了我為捍禦寂寞所費力築起的長城。寂寞襲至，正如蒼狼裡的成吉思汗於月黑風高那次躍馬越過牆城進入國中。他的宿願他的夢寐，那一飛掠就在嶽空成了停格無止盡飛掠下去，只聽見馬的鼻息，曠古之風在耳邊裂響。我想永桔是死了，他的聲音在我耳邊泣訴，如果你等我，我會回來，但是你必須全心全意等我，等到天下黃雨，下大雪，等到夏天的勝利，等到音信斷絕，等到記憶空白，心理動搖，等到所有的等待都沒有了等待……

涼軟的手牽住我，不是永桔，是費多。我咦怪他跟來，不玩了？

費多嗯一點頭，問我現要去哪裡？

終於，我嘆口氣，在費多面前洩露出情緒。永桔不在的家，今晚，我快沒有勇氣回去了。我也沒有絲毫意欲去吧喝酒，黃昏演講完又賭了一晚上賽馬，思及吧裡播放的藍調或鋼琴爵士我疲怠得直要嘔吐。妹妹家，多麼健全的家庭空氣，今夜委實不宜，我畸零的精神狀態像一枚孤鬼近不了正堂大屋，我會被一點晃動人影驚嚇得離開老遠。我也沒有半分力氣想跟費多交談，談什麼呢？我們活在兩個世紀的人。說真的，我不知道要去哪裡。

費多以瞭望原野的姿態望盡天涯路，那是霓虹市招中最高的一座亮著十二F蓬萊賓館，費多在邀我同往嗎？天哪他實在太年紀小了，小過我所有的學生，我怕我沒辦法。可費多脆脆不帶任何情緒如透明壓克力的聲音說，PAPA去你家，還是我家？

我駭愕低吟，那麼，這個，不過，的確……往昔我曾經帶回家我美妙的萍水相逢，隔日在我仍沉溺於對他體味和氣息的蜜稠回憶裡，他已離去且偷走了我剛領到的一厚筆獎金，從此再也沒見過他。那以後我變得戒備，謹慎多了。

費多一派鬆淡說，到我家好啦，我打聖域傳說給你看，還有我會用咖啡幫你算命喔。

我說，你家裡父母親呢？

費多撇嘴巴說，他們會在家才有鬼。

我說，他們都不管你的？

費多說，你說提款機嗎。

提款機？

對呀，提款機，我是提款卡。

哦是的，提款卡與提款機之關係。費多很高興我答應去他家，轉瞬蹦發雀躍，吱喳說，PAPA我告訴你，聖城傳說，帥呆了！它屬於角色扮演遊戲那種，我的是彩色版，而且我裝了魔奇音效卡，會奏出好好聽，好好聽的音樂，吔！吔！費多呼叫起來，半舉雙手比劃著V字舞動，真是一隻快樂的螃蟹啊。

但我根本不懂他所描繪是何物，也不想懂。聖域傳說，後來我看他在電腦上玩，才曉得原來是這四個字。我好奇問他，父親做什麼的？

費多說，我爸跑國外做生意，就算回臺灣，也常不在家。其實我滿喜歡這個老爸，他真的夠聰明，賺錢一流。有次他回家，我正在打方塊，他心血來潮跟我借玩，第一次就打了三萬多分，輸給他——費多做狀跌到幾步之外，是撞牆昏倒的意思罷。

我問他，母親呢，也不常在家？

費多說，我媽，那就很好想了。她一天到晚懷疑我爸有小老婆，抓不到證據，又抓不住他的心，更抓不著他的腳。今年她開始玩股票，牌打得更兇了，跟朋友去跳交際舞之類，過得滿充實。

那麼，你都是一個人？

費多說，我媽這樣比較好，我就不用擔心她。我姊出嫁前，她可是悶瘋了，說都是我們拖累她，不然她早改嫁了。姊嫁掉後，她人倒變開心，也不愛待家裡了。反正我照顧自己沒問題，錢也不缺，她回不回家沒有影響，我還更自由。我並不愛他們來陪我什麼的，因為，不一定有話說。

我問他，唸哪裡，幾年級了？

費多看我一眼說ㄟ，你很愛問吔。我唸一個，反正一個你也不會知道的學校。而且我不想唸臺灣的大學，想當完兵再出國唸，所以我蹺家到處玩，沒什麼壓力。

你蹺家蹺課哦。

不的，我蹺家，但，不蹺課。蹺課太麻煩，搞大了，學校通知來家，不是很煩。

蹺家就不煩嗎。

不會。我是這樣，在我媽去打牌或出國玩的第一天，出門，然後算準她回家前一天回來。萬一出狀況，就說到同學家睡了一天，她不會太找我麻煩。爸回家的日子比較不好算，但只要有狀況，我媽怕被削，一定幫我擋的，她每次都跟他說我去露營。

蹺家都去哪裡？

KTV，MTV，還有去釣蝦，就算沒地方去，也可以住賓館，反正不愛一個人在家。我姊知道我常趁爸媽不在時不回家，對，她用不回家來形容我蹺家。我像一匹狼，很獨的。

那你的朋友呢，最少，你也有個同學罷。

沒有，我是獨子，喜歡獨來獨往。人家說錢可以買到朋友，但我不愛別人是因為我有錢才在一起，所以，沒什麼朋友。

女朋友呢？

女朋友，你不知道現在女生都很勢利吔，我寧可到賓館叫應召的。

叫過嗎？

是還沒有。我不愛，怕中獎。我也不想當gay，太累，太麻煩了。

沒人騷擾你麼，我是說，會有很多人追你吧。

那看你要不要被追呀。若不想被騷擾就不會被騷擾，我認為是這樣。像我，去KTV，一間房裡只我一個在唱，唱得真好吔，雖沒有人欣賞沒關係，螢幕會打出掌聲鼓勵的字幕。唱累了，就睡下，醒了再唱，我都叫他們從歌本的第一首開始播，唱到完。

我疑惑望著眼前這個一臉嫩氣的費多小兒，竟如阿森巴赫遇見達秋。德文阿森巴赫，堆滿屍體的小河，死之河。阿森巴赫沒能渡過，死在瀰佈消毒劑味道的瘟疫水城威尼斯，達秋便是這死亡與性滋養出的純潔誘亂之花。而今日何日，我追隨費多來至他家，他將用咖啡替我占卜命運。

這個家，沒有生活痕跡的家，好像電視劇搭出的布景，金碧輝煌一似華西街臺南擔仔麵。很乾淨，每天一位歐巴桑來打掃。玻璃櫃裡陳列洋酒做為擺設，女主人化妝檯上各種超級名牌保養品，琳琅堆置，多得可拿來糊牆壁。吧桌有半瓶礦泉水，時日久遠，讓人錯覺那裡面當已生出苔青或孑孓。事實差不多，我坐靠角落的皮沙發裡，居然教蚊子叮著，頸側頓時浮起一塊疙瘩，奇癢難耐。蚊子忽忽飛經我視線，消失一陣後，又自耳際俯衝過，我啪啪響打不死它。電梯大廈，冬天何處飛來蚊子，肯定是這張流沙深陷般的皮沙發，方圓幾呎內太久不曾有人走動過了。沒有煮咖啡機，費多弄了杯即溶的麥斯威爾，基於禮貌，我悠緩攪拌著鐵匙，瞧見自己的臉幽森映在晶墨色矮几上。

沒有一本書，這棟房子裡。報紙，雜誌，或者只要是印著一些不論什麼字句的，DM啦，型錄，電話簿也行，就我環顧所能及，都沒有。我驟失憑怙，漂荒著。費多持易開罐喝，遙遙坐我斜面。我們好像無法對話了。他換掉牛仔褲，放落長長的T恤蓋住臀部，引人臆測那底下穿了衣物否，直到他坐下來，是件鵝黃短褲。他曲腿坐在那裡的姿勢，宛若萊茵河女妖坐在巖礁上。我們好像突然淪喪了不久前我們還擁有的足資對話的空氣，我渴望他叫我PAPA把我們叫回去剛才那個情境。我無法掌控自己正變成一根失水的藻葉，黏澀，快發出鹹臭了。我真想快快告辭，趁這股臭味尚未溢出之前逃之夭夭。

費多喝光飲料，拋籃扔進筒去，哐噹驚我一跳。他撈起遙控器，謝天謝地我們前面的普騰大電視發聲了，一會兒滲出畫面，豬哥亮秀。他轉遍諸臺，結果仍回來秀場，唱歌跳舞開黃腔，容易便把屋子填滿了。

我們沉默看秀，至電話鈴響，費多抄起機子接聽，走到垂幔流蘇的窗戶那邊對機子耳語。我猛然醒覺，他一直在等這個電話啊，我不過是墊檔。飛鳥盡，良弓藏，可以告退矣。我一口飲盡冰冷咖啡，表示這就離去。

費多關機後對我說，ＰＡＰＡ你再等一下，我朋友馬上過來，就開始玩。

我過分迎合他幾至諂媚說，好的，咖啡算命是嗎。

費多說，我朋友講最近電腦病毒太厲害，他把電腦都封了暫時不敢玩。我跟他講玩這個要三片磁片，容量超過３ＭＢ，他的雖是夠裝啦，但只夠單色版，一聽我這套是彩色版，二話不說，馬上來。

是的費多並非說咖啡，他說電腦，我緘口無言。依然看秀，等待果陀。秀播完，費多轉到ＮＨＫ第二臺時，果陀來了。

果陀望我一眼算不算打招呼，不知。費多亦不介紹，半聲不吭，雙雙連體嬰般鑽去房間，他們互相不說話的！隨後費多叫我，ＰＡＰＡ來。

我躡足跟進，謙虛倚在牆側看他們，不僭越。ＯＫ，畫面有了，費多說，密碼。

果陀拿起紅色Ｘ光透視片取碼，四五〇八。

費多把數字打入電腦，磁碟一陣騷動，乍地，螢幕破開裂出詭麗極了的動畫，魔奇音效卡奏起音樂，哇我驚呼，的確震撼。他二人卻毫無所動，酷得像腦科醫生準備進行手術。

半晌，他們只是瞪著螢幕，爾後有如螞蟻用鬚交換訊息的他們窸窣一觸，便已完成協調似的，果陀落座，按下了進攻鍵。費多侍旁，攤開來六大神洲輿覽，手執道具圖表。且看，果陀所扮的主角在螢幕上東奔西跑，出村莊，遇三個美麗女魔，果陀稍手軟時，費多已祭出火雲駭術，殺得三女落荒逃走，賺了三十元及經驗五點。

我暗中密察他們是否情侶，一片茫然。

費多說他不想當gay因為太麻煩。我的好友蓓蓓，她說做愛實在太累人。一旦有性，自我便曝露出來，男友的自我也洩底，性不過是積壓彼此的張力，大家都受傷。她說她是和平愛好者，追求和平，不要漣漪。

我的學生豪豪，他說把馬子跟玩電動，屬於同級。若約會完要做點什麼，比起去找地方或引誘對方上牀，倒不如早點回家打電玩看電視錄影帶。

蓓蓓後來告訴我，日本這半年流行起所謂，第二處女症候群，即失去處女的年輕女性就此可以不性愛。好比麻疹，水痘，早出早好，既然打了預防針即可免疫遂趕快去打。此流行病原因很多，其中一項，由於各種資訊調查顯示女孩們非處女，故使大多女孩討厭自己和別人不一樣而特意失去處女。現今又從資訊知道人人不必然都性愛，則不做也十分之放心。非處女的早或晚，端看公司或學校的氣氛來決定，性愛亦然。失去處女不因愛戀對方發生，只是跟比較熟慣於做愛的人發生，隨伴而來記憶猶存，如此，可以了。

我訝異，那麼，異性戀亦同性戀化了？

經常，我們跟並不認識的人爆發性關係，分別時，我們對那個人的回味才開始。這回味，如同每一種生物在交配之後都是憂鬱的，也充滿了感傷。

是誰說的，叔本華麼，一個人在戀愛中的狂喜與痛楚其實是，種族靈魂的嘆息。種族意志貫徹於愛情為了兩性結合繁衍後代——看啊這個，真是多麼的古典。那些異性戀間的奇聞軼事，雌性是選擇者，小心呵護住稀有卵子，偽變且聰明的挑揀出合作夥伴，而參與角逐的雄性們，必須打通億萬難關所付出的體力智力耐力精力，足使後世大惑不解，發出評讚，愚蠢，你的名字是男人！

今後，若一時代大部分的男性，漸漸皆失去想要生殖後代的驅力，蠢力？這個時代大約亦已同性戀化矣。當我聽見周遭的妹妹姊姊們併發怨怒說，奇怪這些好男人都哪裡去了！我總是全神貫注控制住自己別，別臉紅，力持最從容的風度以掩藏身份。

當男人們都不再見異思遷，睹色心動，因為麻煩？太累？沒時間？沒辦法就是不想？女人們於是都沉寂了。

當無性愛時代來臨，何時候？二〇二〇，中譯片名叫銀翼殺手，男人奉命去殺複製人，最終千鈞一髮主客易位，複製人把男人從摩天懸樓拉救上來時，複製人的命時已屆，他悵望著男人及其背後空中撲起的鴿陣，逐漸死去，化成為金屬液體。當然，女複製人愛上了男人，因為有愛，奇蹟般續存了下來。

當費多和果陀打到一處城堡，相傳內藏奇珍異寶，極危險，費多主張進，果陀決心一探。先武裝，戴上戰神頭帶，紫砂拳套，身著藍晶鎧，足登龍蜥靴，手執炎玉劍，大刺刺進地窖。噯呀不好，五步一妖，六步一魔，好容易找到幾個寶箱，啟開全是銘謝惠顧，末了賺到兩粒粽子一碗肉湯，不及吃又中劇毒，匍匐前往……

當調查統計宣告，嬰兒潮出生代，將於二〇六九年全數死去。此時我隱約聽到一縷樂聲，若斷若續，如此熟悉，如此悠遠。起先我不留意，我流浪在聖域傳說裡荒蕪將死。但它又來了，又沒了。一次比一次，明晰，確定，終至我清清楚楚聽見了，它就在外面。我循聲而往，是客廳，電視螢幕播映一部黑白片，我不敢相信我所看見的，那上面是，ＮＨＫ第二臺，我看見費里尼的大路正在上演中。

大力士安東尼昆，低智女朱麗葉塔，兩位可愛的老朋友跨越時空來晤，我熱淚盈眶，坐看如夢相似。

多久多久了，阿堯出國前我們在美新處林肯中心看的大路，也是我與阿堯最後一起共看的電影。每每尼諾羅塔的配樂一起，阿堯便感冒似的抽搐著鼻子，劇終時和安東尼昆跪倒於沙灘裡無盡悔恨的啜泣匯奏為一片滔滔逝水，阿堯哭了，我也哭了。我們趁燈光大亮前各自趕快整頓好，逃出門仍悲切不止，默默一直走路。一整條重慶南路佈置著牌樓國旗，十月金色的風到處鍍上一層金。阿堯買了烤魷魚，我們喝完公園的冰鎮酸梅湯，坐博物館階梯上撕魷魚吃，才開始談觀後感，卻做了一個完全跟我們情感相反的結論。我們嫌大路，太鄉愁了，不夠犀利。我們著迷於八又二分之一，而膜拜愛情神話。

幾年後我看到大路錄影帶，帶著憶往的心情，比跟阿堯看時知道了一些背景知識。當年左翼記者皆反對大路，此片跟社會政治問題沾不上邊，用新寫實主義的說法，這是部拒絕的電影，頹廢反動。唯獨一位評論者他說，好一部勇敢的電影！他也許是嗅出了大路裡力抗潮流的勇氣。但我仍抱持跟阿堯的共識，大力士和低智女，都是費里尼心中的理想人，失之浪漫過度罷。

似乎，到今天這一刻，大路才有了它唯一的位子，銀幕上正演著銀幕下的。

走藝游人騎一輛馬達篷車跟買來的低智女，兩個邊緣份子展開一段謀生旅程。冬天出太陽時，大力士拋棄了病癒又活回來的低智女，留給她一些錢和食物。若干年後，投靠到馬戲團裡有漂亮女人為伴混得還不錯的大力士，歇演時在路旁晃蕩，春天，空中飄飛粉絮，孩子們打球玩。他走著，忽然駐足，那似有若無的歌聲，從何處吹來，斷了，又來了。他趨步前往，旋律越來越清晰，他看見郊地上一名主婦哼著歌晾曬衣服，他問婦人這條歌。婦人說兩年前有一女流浪到此，常常唱歌，去年在這裡死了。

我覆臉乾啕起來一如影片結束時的大力士。我與阿堯，我與永桔，我們放野在社會邊緣的逐色之徒，往往，未敗於社會制裁之前先敗於自己內心的荒原。我如何把自己弄到在這個屋子裡，任費多的一切一切，無情踐踏。

低智女大力士適時出現，向我招魂，以我們共通的語言，那一點點鄉音已夠我抓住像一縷絲線，依循它我走出了迷宮。我斯文掃地，僅免於精赤條條。朱麗葉塔滑稽之臉，善良如母鹿的圓眼睛，包容著越老越怪越難以相處的費里尼，亦包容了我這副不堪的蠢模樣。她像金雀花治療不安，石南使人平靜，松香平衡消沉，龍膽根增加耐力，茉莉抗抑鬱，薰衣草解除焦慮，金銀花減輕鄉愁。巴克療法也好，芳香療法也好，對於我僅須及於文字，文字療法，夠了。

且看，金盞花療牙疼，桉樹做收斂劑，灰毛菊解毒。桃金孃治支氣管炎，橙花助消化，野葛抗腹瀉，燕麥鎮痙攣，丁香油防腐止痛，迷迭香強固記憶力……

我看完大路，關掉電視機，離開了費多的屋子，沒有向費多道再見，當然也沒有留下足跡。

費多再也找不到我，我也不會遇見他。對他，費多一代，我無能抗拒，但是起碼我能，尊嚴的敗退。我奢望，應當我還不至於太難看。

往後我常常想起費多家，那條巷子出來的通衢大道，我招計程車時看見垃圾車開來，沉重坦克，漆黃鐵殼閃著許多盞紅燈泡，連連五六部轟然駛過去好像宮崎駿風之谷裡的荷母群陣，異味掩鼻。

宮崎駿動畫之色，綠體分佈著灰藍圓型視器的荷母，生氣起來視器會變成血紅。荷母之怒，即核戰後被滅種污染了的大地之怒，唯有一人，一女孩，駕馭狀若蜻蜓飛行器的女孩，可以撫平荷母之怒。女孩偕飛行器翱翔，妙影投照在荷母湖鏡般的視器上。最終，荷母像紅潮湧來為女孩所阻，息止了怒氣。重創的女孩昏死在地。荷母蠕蠕伸出它們鬚條觸拂女孩，將她高高抬起於空中，一片黃金麥浪搖動的觸鬚放射療能，喚醒了女孩。女孩走在浪端，走在光中。風之谷的人們仰望著，一名老得不能再老的婆婆驚喜掉下眼淚。只有老婆婆聽說過的那個傳說，傳說裡的女人，承諾將會再來的女英雄，他們等了一代又一代，現在，她終於再來了。

那個冬夜我站在大街，孤獨如在一個同性戀化了的烏托邦，那些環繞地中海沿岸多似繁星連神話也沒能傳下來的不知名小國啊。我只有誦著自己的經，經曰，西湖水乾，江潮不起，雷峰塔倒，白蛇復出。

9

新時代運動的健將們說，柏拉圖大年換月，走完黃道一圈十二宮是一個大年，需時兩萬五千八百年，移動一宮乃一次大月，兩千一百五十年。逢換柏拉圖大月，舊去新來，分崩離析，麻姑三見滄海變桑田。這次換月，太陽從雙魚宮逆入寶瓶宮，在本世紀末。從雙魚時代的基督教文明，過渡至今日後基督教時代，於二〇〇一年跨入寶瓶時代——NEW AGE，新時代。

唐葫蘆教誨我，寶瓶座，其星座是一個人肩上負著水瓶向下施水，象徵柔性，包容，人道與和平。所以未來的寶瓶時代，是柔性生態主義對抗剛性物質主義的時代。

仙奴附議告訴我，意識必須變革。

他們拿些書給我看，有一本寶瓶同謀，為新時代手冊。唐教我該如何操控意念，他說意念這個東西，是宇宙間唯一超光速的能量，可使百煉鋼化為繞指柔。

唐跟仙奴信得很誠，道友更勝情侶關係。吧聚會，他倆連袂來，不忘傳道。唐最近學會唱張清芳的歌，MEN'S TALK，他唱你說你有個朋友，住在淡水河邊，心裡有事你就找他談天，愛人不能是朋友嗎，你怎麼都不回答，你的心事為什麼只能告訴他……

唐，賠光老本追尋愛情的坎坷G，多年來為了幾樁愛情賠掉一幢房子數十萬積蓄，愛人們還是都跑了。現在他跟仙奴住在一起，仙奴尚有舊愛未了結，他對仙奴唱道，我和你就像天和地，你是雲天上飛，而我的淚水滴成了河……

仙奴點燃蠟燭，傾斜著將蠟油滴入盛水的盤中，端詳蠟的凝結形狀來占卜。燭光隱飾掉歲月烙紋，烘托出眼睫鼻翼很立體，因太專心詳兆而頭疼起來似的以食指戳著太陽穴，妖麗如京戲裡花旦把胭脂直擦進兩鬢去。他詳罷自語自解，情字路上，誤會，謠言頻頻，注意言辭和行為。

我乍然醒悟原來費多的咖啡算命法，大約就是這樣罷。於是我亦朝水盤滴下蠟油，請仙奴幫我看。蠟凝成依稀船形，仙奴解碼說，你常存懷疑，要使感情和諧，應更具信心。

仙奴每喜獨坐燭光裡，若有新加入者跟他攀談，他便永遠再講一遍他的故事。無非十二年前他去公司打卡時釣到一個這輩子最愛他的老外，他苦讀通過托福考試，到美國和情人賦居。情人住在船上，為歡迎他上船，把他照片放大幾百張貼滿屋子每個角落。這棟不能給他安全感的船屋，一直是他任性找碴的藉口，一個月後他返臺認命度日。十二年間，情人每趁休假來臺與他短暫相會。情人在這裡認養了幾名孤兒，來就帶禮物到育幼院慰問，倒不曾給過他一分錢。年前情人捧來一紙結婚證書請求他簽字，為使日後合法繼承產業，他沒有接受。不久美國來信，情人死了。至今他常常夢見船屋搖漾，情人抱著他當時珠貝色柔潤的身體入睡，他睜大眼看著船窗寶藍夜空裡杏仁白的月牙，像剪貼在那裡的，他患了治癒不了的思鄉病。

歌又唱起來，歌詞曰，無需喊叫，雁啊不論你飛到哪裡，都是同樣的浮世。

我仍記得那人姓施，我們每星期週末會面，延續一個月，他突然在不是應該連絡的時間打電話找我，向我借兩萬元。我沒辦法跟他講，我的總共存款不過五萬，大部分是退伍時同僚們還我的存款，我且未有工作。我答應了他，一文不少。我們在老地方見，龐畢度風的餐飲店裸露著水管鐵材斑駁牆壁，空調太冷每使我凍成霜雞般木訥寡言，以至炎炎夏日我得牢記要攜帶那件有僧侶帽的外套赴約。施則穿得過於少，他自恃可媲美阿諾的健美體格，不擇時地總那一身裝束，背心式棉恤紮進超短牛仔短褲裡，高筒球鞋翻出有馬球標記的線襪，軍綠帆布書包。

施迂迴說了很多很多，不說時便用一種受傷小動物的眼神望著我。我心知已交到他手上的兩萬元，肯定是有借無回了。他傾訴自己的苦境和賤性，似乎越拉大我們之間的尊卑懸殊，他就越有理由接受這筆饋贈。他期待我最好能啐他幾口苛薄話，臉色，甚或暴力虐行，他就可以放膽的安心理得了。因此我不得不起疑，從我們頭次上床以來，他是那樣，那樣殷勤於翻過身去，曾令我無比歡快，感涕交加的，那麼，他其實並非如我所認為的雙偕冶蕩，共臻夢土了嗎？沒錯，他更多是為了取悅於我。或者我得忍痛看清真相，我們的相處關係原來也沒能逃脫出，嫖與被嫖，他只是採取了零存整付的收費方式。

我唯有呢喃著同樣的辭，沒關係，就這樣好了，別放在心上，唉你不要這麼說……我處在不平等待遇的折磨中，但願趕快結束這場災難。但我越仁慈，施則越自行貶抑。我們那個傍晚到晚飯后的冗沉談話，便像唱片跳針周而復始播著同調，終至向來露肩露腿不畏強冷空調的施，亦被凍得鼻尖淌水稀里稀里吸著氣不讓鼻水滴落，而我受刑的忍耐度已瀕於臨界，終於我下了決斷說，走了吧。

他透出驚惶之色，簡直像我把他棄之於野。

但我也再不能了。做個道別的了結之辭我說，你再要去哪裡？

他卑微說，不曉得欸。復幽怨說，你要嗎？

天啊如何我每次被自己的語言所困，我的修辭總是跟我意圖之間存在過大過多的空隙。我真正的意思是，ＯＫ，銀貨兩訖，拜拜。然而施得到的訊息卻是，我們去床上吧。當然我要告訴他，不，我一點也不想要，但我說出來的話是，我們該走了。於是從他較為釋放的倉促笑容裡我明白他所獲取的回答會是，要呀，不都是吃完飯去吧喝杯酒然後去旅館的麼，何苦例外。

勢格形制，我已失掉辯解之機，我怕我若回拒他，他會當場痛哭失聲。

所以我們仍去了路橋下的小吧。我沮喪之至，多喝了兩杯曼哈坦，存心報復他不付賬，讓他也付一次。他努力要弄暖氣氛，變成花蝴蝶般亂招展。我恍惚一下子看清楚他，奇怪他當游泳教練領固定薪水可怎麼還向待業中的我索錢？還賭債？不良嗜好？捅漏子了？或是拿去養情人？總之，我不相信這筆錢是給他姊姊住院開刀用的。我才驚覺，對他其實我是一無所知，而我居然以為我們可以長相廝守。

離開吧我們仍去上床。我闌珊走後面，有意教他付櫃檯宿費，反正也是從我兩萬元裡支出，不為過。然則他呢，他媚術依舊，又實在更溫柔，把我的恨念融解掉，倒也回心轉意。男色當歡直須歡，人騙人本來一齣戲。我仍想好好玩一回，卻何以都走味了，萬般不聽我使喚，七零八倒不得個收場，讓我真感到抱歉，對他不起。如此，似乎我們也夠扯平了，誰也不必再留住誰。性與權力，其消長，好難說。

離開旅館我們仍搭計程車，順路我送到近他住處的十字路，他下車。夏天亮得早，男女清道夫在掃街。不過昨天以前，他強烈吸引我的力量，完全消失了。一旦消失，就像製造香水過程中的熱淬法冷淬法或油熱淬取，淬盡香氣之後的花瓣只剩下一堆黃焦渣子。每次我自後車窗回戀他越過馬路並開始期待能很快再相聚的身影，現在，我連一眼不想再看。我害怕只會看見他的平凡，醜陋，不堪入目。我注目街上披背心戴黃帽的清潔隊員，視覺上很刺激。我多番看到他們，這番才發覺有他們，聽說他們工作中被酒醉開車撞死的比率甚高。我再不會跟施見面了。

想必，對施我也失去了魅力，人渣一具。

我再度，又掉入了傷鬱的淵藪。看不出何時，何人，才有獲救的機會。

我屢屢被自己催眠啊，夢想這次遇見的必就是唯一的，固定的。我太恐懼揭破真面目，這表示，又再一次落空。然後是又再一次的低潮，虛耗，一息尚存於早上醒來，為什麼沒有死，遂又要開始度過一個白天。隨日照漸漸西移，人一寸一寸減弱下去，到黃昏最後一線夕光收盡人亦形骸銷散，飄零的隻魄只想找到一件物體可以附身，暫棲一宿到明天，誰知道，恐怕今夜就過不去了，那也沒什麼分別。

我曾經在滿室斑爛斜陽的星期六下午翻遍電話簿，包括服役期間認識的幾位南部兄弟，皆找不到誰可以聊聊，見個面，去哪裡坐坐。我破碎而游離的狀態，將使我的出現在任何一位朋友面前，都是個突兀，打擾。我找不到能有哪個倒楣鬼來聆聽我的猥瑣告白，靈魂探索。我看著斜陽剩下幾道欄干就要沒入黑暗，胸腔狂鼓不已猶如十三道金牌來索命。我幾乎要打電話給蓓蓓向她求婚，懇請她睡在我旁邊讓我能握住她手度過即將來臨像死亡一樣的寂寞長夜。事實上我抓起電話撥了，傳來她好明亮的喂喂聲。我一時傻口，只在喘氣真是斷命之人。蓓蓓可就聽出來是我，喚我小韶嗎？

我吞嚥大氣說是，問她在做什麼。她道家庭聚會，放空電話讓我聽，果然一屋子大人小孩喧嘩和嬰兒的啼哭，問我何事。

我說，本來想找你出來看電影，改天吧。

她說，你沒事哦？

我說，沒事沒事。

她等我掛電話，我也等她先掛，一陣空檔她問喂？我忙答喂。她笑了說沒事哦，我說沒事，她說那就再聊，掛了電話。

我掉落深淵。

夜幕業已降下，沒有選擇的餘地了。我梳洗好自己，灑上古龍水，如德古拉夜行覓血般我也得盡快找到一枝可棲。我說不在家吃飯了，母親很失望。這個國宅區此時揚溢著不知哪家的蔥爆醬油香，中庭天井大孩子們在投籃球，幼兒騎三輪小車繞逐，妹妹當家教剛剛回來。彷彿陰陽兩界，同存共榮，卻有一條森嚴的自然律無形隔阻開，我看得見他們，他們看不見我。他們根本不能想像我去的地方，無光之所在，終老一生他們是永遠也到不得的。

我曾經，那是傑不曾給我一絲一毫預警之下對我說，你必須習慣這一切，便與那男人離開家說是去排練場。我留滯他租來的頂樓，心被搗爛成泥，悶入他常穿的布褂裡癡狂嗅啃好像救命之急的呼吸著氧氣筒。兩天假期，大寒流之夜我離營搭快車從屏東直奔臺北，一整夜想念傑連盹沒打，把自己燒得通體透明，兩眼灼灼。我有他房屋鑰匙長驅直入，看見他與一男前胸貼後背抱在一起睡得正酣。是那人先睜開眼發現我，傑也醒來。他們紛紛坐起張目看我，一名闖入者。我瞪著傑覺得不認識他了他變成了一個狼人。

直到他二人離去前，我們三人還共同吃了頓泡麵。那人算是和善，避開一角儘量不礙眼。我必定像一棵失去仰望能力的向日葵萎頓根植於床沿，波西米亞式鋪在地上的床褥，公寓樓頂違章建築，天花板矮矮的。我兩手插進頭裡，頹憤視線僅及於傑的膝蓋和兩腳，步過來移過去，嘈亂，窒悶。不知多久，到傑叫我吃麵，我動亦沒動。

傑過來拉我，把我安插坐在一碗泡麵前，麵裡攤個蛋。他們各吃著，傑告訴我這音樂是這次舞碼用的，我才聽見錄音機放著打擊樂間雜笛笙之類不協和音，傑說粗稿還在修增，把蛋白撥到我碗裡。他素來只吃蛋黃，蛋白都給我，截至目前這是我僅僅還認識他的，令我幾乎失控。可我也真頂得住，哽咽吞麵，一碗麵竟給我吞精光。傑謂排練時間到了，他們得趕去，叫我好生補個覺，躺一下。傑說，你必須習慣這一切。

我搗在傑的布褂裡睡著了，夢見入伍後首次回臺北，前一天我電話告知傑，他正忙公演囑我在家裡等他。下火車我直奔傑家，連爬六層樓，綺想說不定他會現身在下一個轉彎的階梯上迎接我。至家門口，我探手廊窗邊幾盆迷你仙人掌底下，摸得鑰匙果然他尚未回來。我開了門進屋，一切如常，好比我從來沒有走開過這間屋子。既看不出因相思而導致作息環境的什麼變化，也看不出為歡迎我回而有的一點點準備，我稍感落寞起來時，傑突然出現把我抱了個結棍，他躲在浴廁門後偷看我進屋種種。我驚喜問他不是很忙怎麼在家，他堵住我嘴胡言亂語因為想我不能再等等不及了，就再沒有講話的份，狠狠做了回。不得歇息，他趕起來穿衣，要我一道，跟人約了有個訪談。他拿件橘紅空軍夾克給我穿，飛官朋友留給他的。我們一路跑下樓，親吻撩撫什麼都來，剛完倆倆又起，互相指笑……

笑聲裡我轟然而醒，分不清哪邊是夢境，我像在屋裡俯瞰，床鋪上的我冷汗潮濕如屍體拉出來在解凍中。我以為睡了幾劫幾世，十來分鐘而已。

日射以東，國境以南，這邊的夢域太殘酷。我復蒙進布褂，吸嗅傑的氣味眠入回憶不願再醒來。

傑穿藏青棉襖，盤鈕一路敞到底不扣，裡面純棉大格子襯衫，扯出拖在鬆垮青布褲外面，手衲黑布鞋。鞋跟襖，他去香港時買到的。他斜坐上海式老咖啡館，窗外遮陽棚的橙色光映進來使他像林布蘭畫中之人。他散發著狂狷氣質，令女採訪者幾度錯愕失笑。我坐遠方一側吃完了大盤通心粉，水蜜桃蛋糕，喝紅茶，目光不離傑，耳聞飄來的隻字片語即知他談話內容大約是講哪一塊。我瞥見壁鏡裡的臉，性感嗎？傑說我剃了平頭的阿兵哥樣子出乎意料很性感。我低下頭，嗅著自領口冒上來的味道，混合了剛才傑的我的我們來不及沖洗的，使我翻湧起一陣甜暖，一陣酥麻，一陣熱流……

我在暢快中醒覺。僅以爬蟲類視網收播到我所在之地有光線，有覆蔽物，有溫潮熟悉的氣味。我裹著蛋殼與黏液復又伏蟄，聽到血液打著拍子流過身體。

舞者隨拍子起舞，舞者傾聽他自己的身體。他的記憶已身體化，依賴身體的辭彙和節奏。

他的臉的確比一般人多長了骨頭，嶙峋，崢嶸。舞者說，在格力跳舞的那段時間，你可以分明感覺到你比起步之初又多了一些骨頭。在尼金斯基躍起他驚世一跳之前，他已跳了千遍萬遍。舞者默誦口訣修煉真身，似儷似駢他哦吟——

緩緩吐氣，收縮到深度的收縮，我彷彿看見天。沉沉吸氣，開張到深度的開張，我彷彿看見地。身體擴展之時，我瞭望懸崖，身體高舉之時，我住在自身裡面。收縮搖擺之時，彷彿卜卦，擲筊而出，未有答案，於是再擲，依然無答，終至身體抬起，雙臂開張，是的是的是的，月滿天心……

我夢囈若祝禱，先知無眠，你須真識灼見，度此暫生，當是刻刻赴死，人越死於自己，則越活於天主……

我夢見他緊緊匝住我軀體的實感，一股不容爭辯不容猶疑的靶力，勁且強。我若偃而依順，他蕩起我柔蜜黑海。我若抗而匹搏，他飆起我駭怖焚風，自焚焚他。他清癯之身裝著一股命定狂熱，他說他從來不選擇自己的命運，包括舞者，同性戀者，他是被召喚的，天生註定只此一路。他說他沒有選擇，他是被選而做為一名舞者。他這股宿命熱力，不由分說進入我意識穴牢，放虎出柙，我的可哀性覺醒，悲戀初情。

在傑的滲透著我們汗水跟慾望的床鋪上，我不斷醒來，不斷睡去。每一睡去醒來之間彷如永死那麼久，其實短促僅次大蜥蜴的沉重眼皮打開又闔上。如此我存在的唯一理由，只剩下熒熒一念不滅，等傑回來，等他走進屋裡走到我跟前，俯身吻我，霎時，魔咒解除，曾經發生在我眼前的不幸景象不過是幻術一夢！

是夜傑未返宿。我的昏眠等待漸漸酵變起泡，前一秒我猜忌他，後一秒替他辯護，才恨他，便原諒了他，相信他必回來，剎那又蕩然無存。意念果然比光速還快，泡滅泡生，其酵力也果然驚人，正像後來高鸚鵡給我的一瓶金橘漬，我忘了啟食儲藏櫃中一年待取時，訝見金橘發酵的能量已把肥胖玻璃罐從腰到底裂成了幾塊。我亦然。那個冬日泛澹泛白的午后，我起床離屋走出樓寓，不吃不飲不知要往哪裡去。

可能，我搭了一程公車到西門町，由於錢不夠，就也擺脫了町內密佈於途的拉客。可能，我到紅樓看了一部叫不出名字的片子，當我緩慢適應了周遭一片漆黑之後，幢幢如置身在夜潮的灌木林裡。我背後一叢叢灌木發出咻咻聲，漫山遍野騷攪著亂影，煽出腥味。我冰冷顫抖像枯木上僅剩的一片黃葉，抖至劇終散場，我見自己臨崖懸坐在陡峭廂樓，腳軟嘴麻。我不敢回頭，但我還是回頭，瞥見了空蕩座椅地階上散棄著擦拭過的衛生紙如一坡地盛開的白牽牛。

我走出戲院，黃寒燈火，沙沙而行。

走了一程又一程，徒步橫越臺北市西區到東區。再回來傑家，從樓下望見房子有燈亮著，我差點休克，扶住胃躲往街角，直想腹瀉。我折走離去，一圈一圈繞著附近巷子想，反覆辯證，推理出完善堅固的邏輯返來樓底，然而仰頭一望，頓刻崩解，被自己轉回身時的影子嚇一大跳逃跑。我驚疑每個往巷裡行去的形影是否傑，或那人，屏息跟蹤，像一顆搖晃的露珠隨時會涸沒。後來我把自己一層樓，一層樓往上搬，每上一層蹲踏階口大吐氣以免昏厥。來到傑家，輕敲門，準備說出業已操練了千百遍的臺詞，我將平常極了的說，我回來拿東西的。

很久很久，久到我石化如巫峽神女，無人應門。我取出鑰匙開門進屋，立刻明瞭，傑沒有回來過。我摸探床鋪凹陷的臥跡，嗅見老窩的氣息一似出門前不曾被侵入。我絕望不相信，一再察嗅著，連那紙糊罩燈灑下的光塵似牛毛細雨，亮了整個白晝到晚上溫度甚高。我把它熄掉，廢坐黑暗中，確定了傑壓根沒有回來。

這樣我坐到天亮，決定寫一封信給傑。寫了無數張，皆只是個稱謂，my lover，愛跟恨，排山倒海向我湧來再也寫不出第三個字。my lover, my lover……

我留下一堆揉掉的空白信，我得回營了。

冬天的紅樓戲院啊，於是我又再來。

更乾更凍的街市，乾得起粉起屑，我一路咳嗽。可以說，這是有備而來，也可以說，我亦不知我這樣是到底要如何，我和我的牛仔褲之間什麼都沒有穿。

我記得，那是一團噴撒了濃重髮膠的粉味，在零落還未活動起來像大倉庫的早場戲院裡，它從另一端移往我這裡，移到我旁邊。我又冰又燙感到曝屍於野的，委實，太空曠了。我起身走出座位，到廁所去。我面池站在那裡，阿摩尼亞味，高窗上毛灰的老陽光，和我濁重吐出來的氣馬上凝結為一股一股白煙。那髮膠味果然跟來了，在我背後。它很快撫索上來，不一會兒便褪下我的牛仔褲。我一直沒有回頭，任它做了它會做的事，我也沒有勃起。我只聞見撲蓋住我的髮膠味，那嗡隆嗡隆電影放映中的一片沌雜聲效，那窗頂混濛白日。然後，那髮膠味離開了我，總共不超過三、五分鐘罷，我的後面濕冷又刺痛。我直打寒顫連衛生紙也掏落掉地，於是我看見自己兩根凍腿，和堆疊在膝敞著口的牛仔褲子好無辜的仰望著其主人。

我落荒而去。

大街人生，衣冠楚楚，我冒充於其間行走，趑趄窺覷，椎心感到陽界的律軌條條不容情。我怕太陽再大一些，就無所遁形了。

我買好火車票在後車站一帶走，瘋狂撥電話，不相信傑就不回家不接電話不出現，就不見了。至此我驚悚發覺，除了他那個家，我們的窩，我竟然再無可與跟他連繫的點，線。我不知道他去的排練場在哪裡，他的工作夥伴們，社交圈，他的家人。我和他之間缺乏任何人際網絡，只有愛情。愛情迷亂了我的眼，以為全世界都在這裡了，這個窩，這張床。突然這一天，霧障消散，只剩我一人獨在荒野，我們的歡樂華屋原來是青塚一堆。

傑說，你必須習慣這一切。

是的，我用光我極有限的那幾年黃金青春在習慣這邊陰界的法則。

一直到退伍的後來一年半之間，我著魔般往返於高雄臺北，臺北高雄的火車上。但凡有假，短瞬週末，暮來晨去，朝花夕拾。

無數個夜晚，我不喝不食，望著黑邃窗鏡裡我的臉和車廂列列盞燈滑行過島嶼以南到以北，夢中風景，疊映其上。有時，我看見煉油廠的火舌舔著夜空。有時，又紫又藍的大平原邊緣一串星稀燈火如鑲釘珠鑽，不知名小站浮洲般漂過。有時一片水光誤為銀礦陸地，有時明月溝渠十幾輪月亮。景物匆匆而逝，放快的影帶刷刷刷洗著我的眼睛跟腦子，洗到澀了，白了，乾了，天也亮了，我下車。

日以作夜，縱北縱南。我染患車站憂鬱症，至今不能祛除。

那些岩黃車站大廳，擁擠似人肉市場，但是去洗手間一趟出來，人不知都哪兒去了，漠蕩起風，留下廢報紙在地上拍飛。那些擴音器裡的女聲廣播著班車時刻行次的奇異腔調，直如吸星大法叭地掏走我心，此時若有誰效妲己的背後一叫，我必跟空心比干一樣仆地而滅。以及那些倉皇在等候在奔赴的旅客，天堂陌影，各自投胎做人去。而我，站都走空了，依然，我不知，該投往何處。

如此如此，一再重複的情境和事件，是織毯翻過面來的漫漶紋理，織著我無望無止的空待。

我漸習慣於這種空待。

經歷過一回合復一回合的不信，求證，明白，否定之否定，所獲得的空待。

10

因為不信，那次歸營後我設法很快又北上。因為我終於打通的長途電話傑的聲音，溫和向我解釋，那兩天他們是去山裡參加一種所謂禪喝鍛鍊，故而未返家。

我制止不了牙齒格格碰響的，問傑若回臺北可以去找他嗎？

他說，那當然。而且他說，你這個傻瓜。

此話，我再三傾聽，深夜裡，便讓淚水流下。好安靜的淚水可是好乾脆的一直線自眼尾流下，流進兩鬢，兩耳，就涸了。不停的，一直線流，沒聲息。

傑的屋裡再見到傑，我像從戰爭前線揀回來一條命，看著他，怔忡。彼時的我真是太醜笨極。真相是，傑不愛我了，這麼簡單而已。

彼時我看不見，愛情兩造，很殘忍的，移情別戀那一方永遠據有更多砝碼，而遭受背叛的這一方非但討不回絲毫補償且還降為負欠者。我跟傑，負欠者跟債主。債主的一點軟心腸，一點安慰辭令，卻給了負欠者不實的幻覺，自憐，膨風，做起非分大夢。

我滿面于思，氣味酸濁，怨怪之情溢於言表。這位負欠者顯然搞錯了，發話說，但是你總也可以打個電話告訴我，我一直等，等到最後沒辦法了走了！

傑說，我在山裡沒電話怎麼打給你。

我說，是什麼山裡呢。

大坪頂。

是全團人都去嗎。

傑，不講話了，憊賴以對。

我灼苦等著他應該給我一個交待，他跟那人，他跟我，我們，到底是要怎樣？他卻不提。我就用理直氣壯的愁容譴責他，用比質詢更嚴峻的緘啞壓迫他，我是如此看不見我越施予張力，便越急速減失了我的價值啊。我看不見負欠者的貶抑處境，債主無情是當然，知趣的，乘他還未翻臉前趕快閃遠罷。但我竟如此駭鈍不明，所以一旦情勢逆轉，傑失去善心不再保持禮貌時，我可十分悲慘了。

傑開始講他們團裡一位最具爆發力的舞者，金。傑說金把自己變成了一把鏢，鏢起中的，上場即發，絕無虛射。好比別人以跳對角線方法往舞臺左側退場，金則往舞臺中心地面不停旋轉以完結一支舞，這對掌握全場或結束舞蹈來說，都難得多，金敢做。金的才氣是，我在哪裡舞臺中心就在哪裡，這種揚溢。金從不只為跌落而跌落，他為了再起而跌落。他在每一飛躍之中完成身體，如希臘雕刻顛峰期的一尊青銅海神像，赤裸，美麗。

傑說，古希臘人認為，男人的高貴品氣可以私下的，或公開的，譬如在阿波羅神殿肛交，轉移給年輕男子。ousia，精液，希臘文還有另一個含意，物質，存在。因此孌童行為在克里特島是一種入教儀式，告別童年，男子成年禮。你看希臘戰士，將其戰鬥能力轉移給追隨他接受他軍事和公民教育的年輕男子。

我狐疑起來，金是他的愛人，戰友，同志。那麼那天那個人是金嗎？不是嗎？為何沒有在我腦袋留下半點印象。我被這個念頭纏繞，分神不聞，不視。

傑說，性是一種求知，一種得道，除了生育和享樂。

傑說薩滿教巫師，日本武士道，夏威夷酋長部落裡的男性貴族，皆是同性戀形式的體制化。以及席隆奈戰役被馬其頓郡主消滅的雅典聯軍禁衛軍，都是由同性戀者組成。

傑說金與生俱來散發出一股氣派——我不屬於任何男人，悠悠然兮多怡哉，的氣派。傑傾倒於這股氣派，是的，金是此道中之尤物。

傑儘說，一直說，用好高檔的語調說。他操縱出知性氛圍，高來高去，怎容世俗修辭插花。我無餘地啟口，心似坩堝煎熬。

晚上傑帶我到吧，叫了杯酒給我，放我當一棵盆景般在一個位子上，他周旋去。不論他是想把我快快讓渡，或有意刺激我覺悟另覓新歡，或老鳥嚴厲訓練小鳥學飛的，總之，他再不睬我，視我若無物的當面與人大肆調情起來。債主變天，煙視媚行。

想必我難看透了的嫩鳥形容，一覽盡底。有個好老好老的高瘦子，也許並不比我今天這把年紀更老。高瘦子坐到我旁邊，請我喝酒，頻用他佈滿關節的大手掌拍打我肩，我腿，表示完全理解。他沉默是金，偶爾才釋出一句話說，都是這樣，你會習慣的。

喝乾二杯，我伏倒桌上不知多久，醒來不見傑，慌張爬跌。高瘦子扶我坐好，說傑跟一人走了。我陷入情狂，大醉離開吧，高瘦子帶我回他家。我直挨到進浴室裡，吐了一馬桶。

高瘦子一邊先放浴缸水，一邊幫我把衣褲脫掉，拿蓮蓬頭將我澆濕，打肥皂。我聞見冷冽檸檬香，感到他大骨節的手很熨貼，熟練擦完皂球，蹲踞我前面，左右翻掀，好仔細的洗了一遍，是又不是撫弄之意。即使半昏醒狀態，我亦自知偉岸立於室中，無贅肉凸腹之虞而放膽任其處置。我想他定要親吻此昂然物了，倒也沒有。他扶我入缸臥下，泡熱水澡，絞了毛巾抹淨我臉。有一晌，他坐缸邊看我的裸身，手輕撥水上藥草袋蒸盪出柚橙味。他凝視的目光，溫柔，傷感，久久不離。隨後他起身，收拾一地骯髒衣物扔進洗衣機裡洗。

我躺在床上，不久他爬上來依偎。我抱住他，昏暗一驚，抱空的，再抱緊些，就沒了。何等洞虛無氣的皮囊，攀著我頸跟胸膛。我摩挲這皮囊，心底翻騰起對傑渴念的萬丈海濤，傑那清瘦，有力，無悔的命定狂熱啊。我使這皮囊發出似乎痛苦似乎快樂的哼嗚，他很快出來，我卻在勃高但沒有到達的酒醉中睡去了。

次日我起床，打量周圍。太過整潔的屋子裡，別無裝飾，家徒四壁之感像是機關招待所。我的衣褲已洗曬折疊好，放在沙發凳上。快中午了，厚窗簾深掩，囚暗不知時辰，我迫不及待想離開。更暗的，高瘦子身影出現在臥房門口，說吃點東西再走。

是荷包蛋培根，煎得漂亮極了令人食之不忍，但它盛裝著的白瓷盤上燒印著一棟青花色建築物，底下有字是省政府的什麼單位敬贈。我抬眼瞧高瘦子，這是我清醒時看見的他，在灰昧陰影裡我們首度碰著了視線，立即移開，自今爾後，只此一眼。

他還給我烤了兩片柔酥吐司，金銀可口，一杯柳丁純汁。他是那樣絕望的想留住我久一點，顫搖著置杯於桌，潑了一半。他拿布擦桌，再去現榨柳丁。我說不用了，真的真的不用。似乎，邂逅以來，這是我首度對他發出了人言。火速吃畢，潦潦草草走掉，不敢回頭。

以後多次，不同的吧我們遇到，各自漠然，形同漂流物擦身而過。

我與無數計一面之交的男人，由於交談都不必，如狗們觸嗅鼻子互換氣息，我們所用詞彙僅需及於上床，以及在床舖上發出的詠歎，便是我們全部的語言。

我所以記住高瘦子，因為他縱慾過度早早衰醜的軀幹，他那彷彿被瘟疫犁過的滿面疤坑，他毫無，毫無機會。只除了，漫蕪的泊浮中或許撈到一個身心俱碎的醉娃娃，揀回家，脫光，悼賞之，呵多麼鮮澤的身體遭受著煉獄之苦！不要多久，這個身體就會磨礪出厚厚繭皮，結成難以攻堅的保護殼。不再付出感情，免得受到創傷，陰界法則之一。他留戀著這個身體鈣化粗化之前的臨別一瞥，牢牢擁抱其沸騰多汁的靈魂，而這一切都將失去。他被這種亡悼催情，銷魂蝕骨。他上了癮，夜夜出巢尋覓此類醉娃娃。

他冥黑的形象，亡者化妝師，然後擺渡靈魂划越過死河抵達陰界，銘刻我心中不能抹滅，終至一日與阿堯重疊為一。我混淆分不清，是想起了他，還是想起了好遠以前，好久之後的，阿堯。

我漸明白，從前從前，放學時才走在一塊的阿堯，轉眼不見。我獨自坐車，回家太早了，寥落黃昏。偶爾，我會跟對門陳哥借了單車騎去阿堯家。阿堯媽媽十分抱歉說阿堯出去了，延我進屋等。除非阿堯在家，我羞怯從不入內，緩緩蹬著車在阿堯家附近繞，說不定會碰到他回來。他有時突然消失，密友如我，也連絡不著。很長一段時間，我們互相知道他是，而我不承認我是，因此他把這一面對我模糊掉，儘管他也並不避諱跟我狎膩在一起。我，或媽媽，家人找不到他的時段，他去了哪裡？沒有線索，沒有可聯結的點，直到他自己出現。

直到我是，他去之所在，歷歷然就顯影出愛麗思的鏡子，我一跤跌入，隔壁天涯。囂囂眾聲向我宣揚著，享樂主義者有福了，孤獨的人有罪了。

KISS LA BOCCA，吻在寂寞蔓延時，享樂主義者的人民公社。其法則，無生殖約束，無親屬關係，因而無人際網絡。性慾的單細胞自陽界脫佚出來，群集於此，袒裎交納，領取一份總也嫌不夠多的永難飽足的性慾大餐。

於是我再回來陽界，我的工作，家人，居所，活動，社交。但我已感染長年不癒的游離性，無根性。越老，越難適得其所。陰界的召喚，同性戀者無祖國，即便形體上我很少再涉足，精神上早就塑成了我拒斥公共體制的傾向。置身社會，心理的非社會化，註定了我將一生格格不入，孤獨罪人。

當阿堯消失復出現，那次，在他臉鼻和衣襟上留下了鞋印。

那次他獲得情報，來學校逮我，摩托車載我趕赴美國學校，小閱覽室正放映一部布紐爾的十六厘米黑白片。放完，燈亮前他不見了。我一直等他，待這班影癡依依不捨皆散光了，燈熄，門亦鎖了，他才從漆黑裡喘噓噓跑出來。他逕去牽車子，我跟後，聞見他走過之處曳著尿騷味。他把車交給我，渾身塵土，鞋印斑斑。我說怎麼搞的？他用力清撣了一番，問我乾淨沒。我指示他臉鼻上的鞋印，他老擦不著，我幫他擦了。他自知臭髒，車讓我騎，載他。坐在我後面，他儘量隔開距離不碰到我。先回我家，下車，他再騎回去。我們都沒講話，沒討論布紐爾。夜風潮糊糊刮塗我臉，我心臆阿堯大約是去幹了那事。

但他的可怕樣子擾亂了我好久。他挨扁了嗎？或是性虐待？被凌虐的他痛快嗎？細節，細節，我太想搞懂細節。千百種性幻想，夢魘纏繞我，幾至我甘願降服於這股強大求知慾，以身試法在所不惜！

此事，晚了數年才實現。至我遇見傑，愛上傑。阿堯將出國，我通過了論文，剛剛結束助教生涯。

至傑已不愛，而我不相信，島嶼南北，奔波求證。漸漸，我冀望於背叛者的良心，但良心，豈比水中之月可撈拾。

我仍有傑的房屋鑰匙，幾番不請自入，不過是得到一次比一次更大羞辱。我簡直成了被虐待狂的只要他還肯跟我講一句話，哪怕一句惡毒咒罵，都好。終至，我懇求他，親吻我一下，最後一吻，我就走了，永遠，永遠，不再來找他。我講到永遠二字，凜於其字之真實，泫顫不已。

傑把頭一偏向牆，眼睛望地，連不屑或輕蔑都不給我。

我上前抱住他，抱著一具殭冷屍體發狂要把他抱活熱回來的，枉然。大理石大衛啊，我抱住他腿一路滑跪於地，乞吻他淡藍筋脈的腳丫板，愛人，永別了。

我履行諾言沒有來找他。

可是我依然旅途馳返。短短週末，有時夠坐火車而已，一程程接近臺北，或一程程遠離臺北。我依然無目的走極長極久的路，結果總是走到傑家巷子。不再激動，仰望傑家，窗黑，窗亮，在或不在，都不會有奇蹟了。我只是被自己內部的深淵所驅使，溯游至此，產著膠稠的苦謬之卵。我鵠立太久，感覺到居民將我當精神病患之類可能報警來抓了，才走開。

「我的怨戀之情如此執拗深根，即使已無泥土附著，亦無營養供給，它依然頑固求生。」後來我讀到傑的私淑大師的信件，這樣說。

我整夜踞坐新公園亭池邊，一件薄夾克渡過起霜的夜晨也不覺冷，痛苦已麻痺我神經。這個痛苦，不是陣發性，銳錐性的，它是沒有休歇不會間斷一直持續下去的痛苦，所以時日稍長後它就變成了遲鈍。我不感到餓，睏，口渴，不會疲累。不會看，不會言說。我的眼睛，只用在黑暗裡，辨認是水是路，一片黑，較黑的是樹木石頭，更黑的便是移動獵索的人們。我跟過肥軟若泥的人，垂侉似沙皮犬的人。跟過老漢，香港衫脫下裸出臂膀上一輪青天白日黨徽刺青，正如小時候村裡頭負責接電話廣播的老李，我頗受驚嚇，這批人還活著！

我的遲鈍自閉，只有在，我記得是漢諾瓦街碰到的青年，在青年結實肌肉的擁抱裡，我想起傑。於是，何處裂開了一條縫隙，再度，痛苦浮凸而出，那大塊綿延不絕高原般的痛苦向我壓來。

以及在，我督管兵們勞役，除草，敲碎跑道四周泥石，在那機場廣垠的南方天空下，蒼藍，莽綠，透射著振振金屬光。我想到北部，痛苦，就在心膛上被喚起隨之無限量延展出去……

大部分時間，我是遲鈍的。

服著預官役，除了旅途，跟性行為，我與世界斷了連繫。冰封於自掘的墓穴中，越掘越深。

只有痛苦，才能激揚起我的活動力。不錯只有痛苦，活之慾望，這樣的痛苦。

11

啊狗狼暮色，magic hour。

希伯來古文云，「人們無法辨認是狗是狼的時刻」，白日將盡與黑天交替之際，這裡有魔術的八、九分鐘。

搶在此瞬息萬變的每一秒刻，攝影機逐日競走，捉住仍見得著的螢藍天空和雲層和天際線底下的萬物輪廓，緋緋人煙。立即，天就黑了。整部電影用魔術時間拍成的都市夜景，霓虹燈縱溢橫流，叢林建築體，營塑出這座頹圮之城，香蕉共和國。

那個冬季，一種內部來的自毀力量，總在一天裡這個時刻勃發至最大。我血醣降到很低很低，呼吸微弱，飄搖的魄苗似乎只要我准了自己一聲，算了吧，就會熄滅。值此，我必須頂住最後一點點，僅如芥菜種子那麼一點的意志，逼迫自己去吃一塊餅乾，吐司，喝杯熱水，然後靜待其轉換為能量。天完全暗了，我挨過來。

如此的，我挨過墓穴歲月，剝掉數層皮，俯首稱臣，認同了一個新身份。

我有了工作，不再去公司打卡。我變得很挑，只肯摘取歡快，而絕對不接受除此之外的任何負荷，瓜葛，當然我更不付出感情。我注重儀表，修飾細節，從中得到莫大樂趣。我也開始保養體格，魚目混珠加入雅痞們的健身信仰，毫不猶豫追隨廣告詞所說，身體就是你的神，膜拜它，然後全世界都會膜拜它！

我每每穿越城市版圖，悉知城市存在著的好多祕口，從那裡滑入，抵達各種異教殿堂，進行著陸離光怪的儀式。

多番日夜我曾沿牆外走過的林蔭紅磚路，通往或離開祕口之路，到我不走時，始知牆裡是醫院太平間及手術完內臟的焚化爐，隔大街相望立法院。那陣子報紙連篇討論立法院風水犯沖，說是原本議場前的蓄水池，假山金魚，用來鎮邪驅魔，若有髒物直沖立法院則必落水滅頂。但那次休會期間整修院區，把乾掉多月的蓄水池拆除，建為中庭廣場，破了風水，自此立院無寧日。

我走濟南路，朝盡頭高聳的焚化爐煙囪行去，煙娓娓淡入空中。我木然想著至少我回到了臺北，與傑同在一城，與陌生人野合，也同此城。

我只淬取我要的，餘皆棄忘。

過盡千帆，缺乏面孔，沒有姓名。可能，他是一截騷蕩肚腹，牛仔褲扒緊穿到胯骨，敞開釘扣，上身裸空套件黑色皮背心，引爆人人想去戳戮他肚臍的火熱慾望。我跟他，就做了，在沙灘廢置的碉堡裡，遙遙嬉水聲可聞。海洋，陸地，耀白框在碉堡方洞似一頁月曆。散後，我折返人群，腳力綿綿，一高一低踩在滾燙沙裡像在女人軟陷起伏的身上行走。我回目遮住太陽，見他躍入浪頭沖濕全身衣褲，亦走回人群，沿海浪線走。他看向我這方，我們在各自遠離的視線中很快變成了點狀。

也可能，他是一口稜線分明紅潤透了的嘴唇。紅唇的紅，太異色，只屬於一種，德古拉剛吮過人頸的嘴，兩片紅汁。因此我們相互親吻，吸吮，我就像是血液源源不絕流入他嘴裡的遭受著噬虐而我任憑之，華麗的放逐掉生命。

也可能，他是一股十分陰柔的香氛。吧裡，他溢散著檸檬、橘、佛手柑的前味，他似乎害怕被漠視或擱置了，頻頻上洗手間補香水，我少見這樣沒信心的人。他散著中味茉莉、迷迭香、梅子，後味則融入一片橡木苔、岩蘭草、檀香的濃濃綠野中。他將我順倒於牀上，手指闔閉我目，開始撫撥樂器般靈敏操縱我。呵他三階段的熏人香調，奏著快板長笛，隨之以奢逸鋼琴，遂續出沉鬱的低音合唱。

他是釘鞋的稀里嘩拉響，使我緬懷起蓓蒂戴維斯她最痛恨像貓一樣的鞋子，她要別人能聽到她的腳步聲。卸去了重金屬服飾配件的光身，項上，腕上，奴隸般拴著銅銀環扣，鍊牌。過程中鋃鐺碰撞，激起一切關於刑具，綑綁，鞭笞的無明邪淫之火，驅出了連我自己也羞恥相認的意識暗影，那個拖在人類背後無形大爬蟲的尾巴。

他是深層肌肉按摩法調理出來的比松阪牛肉還嫩，還韌的肉。他用ＫＡＭＡＳＵＴＲＡ系列之愛油，塗滿肉身。系列之海底寶藏，沐浴沙讓一缸清水化成土耳其藍，讓水變厚，我與此肉纏抱其中如在滑膩但不沾身的泥裡，品嚐ＫＡＭＡＳＵＴＲＡ，愛經，古老印度的性滋味。

他是ＢＡＮＡＮＡ ＲＥＰＵＢＬＩＣ服裝海報上又酷又淒迷的美少年。是李維牛仔褲ＳＩＬＶＥＲ ＴＡＢ廣告裡那名頭髮梳齊，裸身只穿一條牛仔褲的俊男。是荒誕白日夢裡的對手，共赴想像所可拓達之邊境。

他是我們時代的詹姆斯狄恩。

維斯康提啊，其黃昏三部曲，我與阿堯僅能看到的，納粹狂魔。我們跑去板橋一家小戲院看，改名叫納粹女狂魔，剪得不知伊於胡底，並插播一段瑞典性愛集錦。他是——阿堯到了紐約連連寄信寄卡片來，天啊他看到了完完整整一刀未剪的納粹狂魔！片中一群褐衫隊同性戀士兵遭射殺。他說，我們都被騙了。他在文化震撼時期，信上最常講的話。他在一堆中英夾雜的亂麻字裡偷渡一句英文，知道嗎，我們被騙了三十年。

他是偷渡到大銀幕上正大光明放映著的殉情記，羅蜜歐李奧納懷汀。他瞬秒便逝的牀上裸臂，癡純美貌，在我們立即學會了哼唱的主題曲中一再現身。我們的臥底者，偽變代言人。

他是服食了什麼藥物之後的亢奮持久力，不眠不休玩，通宵達旦亦不能射出，屌乏體疲，精神卻昂揚。第一道晨光鑽進屋來，照見慘白面容上一層青氣，霜柿的唇裂開殷紅肉褶，下眼瞼一抹泛紅血光勾勒至眼尾，酷似歌舞伎化妝。

他是一雙濃濃睫毛覆遮見不著眼珠的眼睛，不時自那密藏的叢隙裡閃動星芒。我感覺到芒刺在背，回眼迎接，它又不在了。我決定起來去追索，經過旁邊擦撞其身，並無回訊。地方就那麼大，轉過來折過去，時隱時現，迂迴如天體迷宮，且有人借酒狂癲來啃我肩膀，我只一心一念要緝捕那星芒。驟然，星芒迤邐而去，我措手不及，著慌跟出。我身陷五里霧海，見不到任何座標指引去向。我亂走亂走，走入一區工程警示幟號的旋轉紅燈裡困步難脫時，驀見星芒就在天橋上。我跨越腳下鯊陣般的鋼筋鐵板大坑小洞躍上橋，橫渡市街上空，跟隨那墜下的星芒步往暗路。忽地他掉頭走來，瞎子般行經我身邊，穿過斑馬線到對面。我起惑返行，胸腔砰砰砰鼓響。馬路銀河，分在兩岸，我如影隨形。他轉進小街去了，我突奔跟往。奔至街盡頭，死巷無蹤，溢滿殘餚蒜味。我折回，猛見招牌柱子底倏起一道火光點著了香菸。我直走向前，炙燙的眼睛快冒出煙來，暗中那定定在候著的星芒，終於，被我一擒，烙住了。他遞交菸，我接著哺滋哺滋痛吸了一口，回過氣來，兇狠盯牢那星芒不准閃跑。他順了我，上我們該上的去處。

我放蕩為官能享樂的淘金者，逐夜於城市之中搜尋運氣，瀝取奪目碎片。

與此同時，歇斯底里，我犯了渴婚熱。

因為我是如此疲憊於無限制無止息的性享筵，淘盡風流，我的燃點高到非下重劑不足以引燃。去勢焦慮的，我真怕不久一日艾略特的詩預言就會應驗，「我的確做愛了，但什麼感覺也沒有。」

我像紅菱艷裡穿上魔鞋便不能停止旋舞的雙足，除非外力斫斷。我渴望安息。我的唯一救贖，結婚而已。

我打算認真約會蓓蓓。妹妹的高中死黨，後來她們疏遠了，同為單身未必貴族的我們，倒是結成莫逆。

可怎麼說呢，我與蓓蓓，我們之間，沒有張力。

我們如親人一樣熟悉，舊鞋子一樣合貼。好姊妹，好兄弟，她無話不跟我說，包括她跟男友間的瑣碎齟齬。她每回交案子OK後的PUB狂歡，總是醉綣我身上收場，以及她的胃瘍，使我吃驚其工作的生態圈之扭曲人格，不輸吾等族類。

她向我描述少女時代夢想，一個自己的房間，她可以漆刷她愛的顏色，一面大書桌安置有流蘇穗穗的檯燈。從小她跟哥弟三人共擠一間小室，儘夠放兩牀併在一起的上下舖，和一張配附四個淺屜的桌子。她獨睡上舖，必得蹬踩桌子爬上去。到她十四歲，她覺出整間屋子的鹹鹼味裡，她身子滲出的是股甜酸味。她極欲掩蓋之，像貓撥物埋糞以免行蹤洩露，她師法父親吃大蒜，還藏蒜瓣於袋偽造氣味。她練就猴子輕功，瞄準無人空檔飛快上下牀，唯恐肢體在哥弟眼前曝光。

上舖睡半邊，另一半高堆樟木箱子和度冬棉被，夜間她疑懼那裡頭埋伏著妖怪會侵襲她，將兩手交叉成十字架護在胸口入眠。寒流來開箱取厚衣服被褥時，母親總不明白何以抖落許多乾癟蒜頭和打十字結的霸王草，都是她的避妖符物，塞遍各個空隙，相信其確實具屏擋作用。室內二燈，一支鋁杓狀的夾燈，一支頭頂日光燈得看機率閃跳多久後才會穩定射出來慘青照明。所以她領到生平第一筆薪水，擲散千金，為自己買了盞大理石座的米白紗罩燈，全不管它擺在狹陋之屋成了個突兀。蓓蓓的戀燈情結，近日迷上古董燈。

昔往今來，蓓蓓不憚細繁陳述，做為傾聽者，我卻倍感寂寞起來。

她單向輸送給我很多很多，天真不保留。但是我呢，我能給她什麼？我三緘其口，吝嗇得從不交換給她一點點我的黑暗面。我的世界，有一半她到得的，而有一半，她終究也到不得。

我依循常識展開追求步驟，約在一家稍貴的時髦店吃牛排，嚇到了她。她試圖化解不自然，嘲笑我說，來這麼雅痞的地方！

我不勝困窘，未料心機乍起，她就敏覺到了。蒼白，呆言，昏滯，毫不風趣。我弄僵了，自暴自棄不再收納她視線。真是冗長得可怕的進餐儀式，後半段我只在擔憂快失水現形，黏澀的藻葉你千萬莫發出鹹臭味呀。結完賬，抱頭鼠竄，我跑掉了。

自動消失於蓓蓓的生活網線上，我想我們無猜的友情便這樣被我毀於一旦。我無比悔慾思念著她，她穿西裝褲襯衫背心的安妮霍爾裝扮，盤據我腦海不去。我愛上了她嗎？男與女之愛。這個念頭，讓我快樂，也許我應當振作再試試。

結果是蓓蓓先找來。她已打過兩次電話留口信，但我太慚愧了沒有回覆。她說，你失蹤啦！

我感激涕零。默默訕笑，笑出聲音。

她拉我去吃飯。又是她滔滔好辯的活力，我則善聽，善響應，又回復到我們最安適的相處基調裡。至今我仍如雷貫耳，她說，「女性們就像漲滿的帆準備迎接歷史的順風，男性卻像站在逆風口的一群傻瓜。」一位叫黑井什麼的傢伙的惘世警言。

蓓蓓講的是廣告。她告訴我，男性公司主義已經瓦解了。在日本，公司，曾是國家與家之外的另一個家，終身僱佣制，永久寄棲的社。社，企業同心圓意識，武士道精神。末代的武士——戰後上班族。自上次石油危機後，男人們開始回家了。丈夫不安年，男性入廚會，書房復活，角落的幸福。

她說，日本男人一直依附在企業和母性的羽翼下，尤其對母性的依賴，源遠流長。他們在團體裡的時候，都是可愛的男童。但一脫離團體成了一個人的話，不知怎麼就變得好無趣。

她說，女人和孩子容易適應環境，男人總是後知後覺。

我一路驚心動魄稱是，暗忖她似乎把我算做是她一國的而如此率言不諱。然我僅能搭搭馬庫色的話薄弱應和，對呀只要廢除掉那一大堆的社會機構，就可以出現類似於母子一體的理想境界了。我兀自懊喪，覺得是放了一顆空包彈，與蓓蓓所言並不相干啊。

很久以後，我才知道日語有一辭，甘え，AMAE，依愛。嬰兒緊偎母親懷中的感受，日本人將此綿延終生，深深沁入，養成其鮮明不可易拔的國民性。

這個依愛的制度化，可說就是天皇制。

依愛的語源，ama，來自於古事紀神話。天降る，amakudaru，下凡。天翔る，amagakeru，升天。日本人的天，對比於遊牧民族的斷裂之天，是連續之天。

太陽女神天照大神住在高天原，其弟素盞嗚尊，反叛她去建了男性的出雲之國。這是萬餘年前那次男神的性革命嗎？然而天照大神不承認他，另遣天孫代替他，授以一禾教之去建立大倭全境之國。

天照大神本來有太子，因太子已成人，是男子那邊的人，所以不用。而天孫年幼，天照大神與之同殿同衾，代表女家統治。自此萬世一系的天皇，也有成人男子的，但其所代表的女神地位不變。

伊勢神宮祭天照大神，齋主是未婚的宮主內親王，女人才可以做齋主。對照祭祀上帝耶和華，齋主是教宗。還有老老古中國，天壇祭天地壇祭社稷，齋主是天子。記得不，聖德太子寫給隋文帝的信，直稱，日出處天子致日沒處之天子書。

日出處，難波津，女人國。看哪當家的女主人，用了男人做總管，但她只在內裡，出面為主是以幼子或幼孫。幼主並非比總管更大的總管，他是幼主。他秉承是內裡主母的意旨，天照大神予以皇孫的約束。

稚沖天皇，婦人顏色，倭國夢土，藝術造境。莫怪源氏物語裡以月亮喻男人，女人多半自己有家，男人是去尋訪她戀愛。日本文學的底蘊，原來是宮庭的女人文學，與民間的女人歌垣。

我寂寞對學生們說，要了解日本席捲世界的生產力的奧祕，不如先了解日本的女人罷。

事實依然是，婚姻現在不是私事，從來就不是私事，也不可能是私事。史陀的格言。不論夫兄弟婚制，或妻姊妹婚制，史陀指出，其親屬規則不外乎兩種，親暱的，與迴避的。族內婚，與族外婚。

族外婚，乃通過一種聯盟手段，一個單體將自己向歷史開放獲得許多機會，其代價是冒風險。族內婚，則是另一種鞏固手段，將以前所獲利益保持，財產世襲，級別，頭銜，常規性。兩種手段，不斷的交換出去，與不斷的交換進來，矩陣代數模型，網絡於焉展開。

那麼我跟蓓蓓，我的渴婚熱也差不多消退時，一日我們依例吃飯聊天，她講我聽，飯後逛到對街一家窄小卻迷人的個性店。蓓蓓眼睛亮如寶石，依依撫愛那些異國風味的玩意兒，帶著教徒壓迫性的熱情邀我加入她的歡歎。我煽動她買，她總說，白浪費。我知她在奮力攢錢想買下一間套房工作室之類，搬出父母家，便可為所欲為搞怪一番了。她矮矮的個子在我跟前，好貼近，誘發我講出祕密。我說如果我們結婚的話，這些東西都可以買回家去好好佈置呢。

她裝沒聽到？還是我們熟同手足的關係以至這話根本不具意義，自口吐出便隱聲不見。我朝空嗅嗅，嗅無影，懷疑是在夢中說過的話，只有自己耳朵聽見。

蓓蓓背轉來給我看一口白鑞鐘。由錫鉛合金的白鑞打造成碑塔型，浮鑄貝殼、螺星砂、雙魚圖案，凸處漆以金箔，鑲嵌石膏圓面木頭指針。手工品，由裡到外真做得是口鐘。我意思是，這十年間數位式鐘錶普及後，時間就以秒為單位的，消失。我唯用機械式鐘錶，堅信時間是這樣被空間一格一格慢慢的，侵蝕。我頑固要以這種速度，來走我的長夜歸鄉路。蓓蓓只要經過，都進來問候此鐘售出否。我又再說，我買給你吧，我們實在應該結婚的好。

她說，不要，太貴了，你也沒有賺比我多錢。

我說，對呀，的確有點貴。

她是故意忽略，錯讀我的文本。我彷彿看見那些修辭的珠串斷落，叮叮咚咚滾向四方，柏金珂鋼珠般在一屋子待售什物裡彈跳滾跑。白鑞糖罐，磨胡椒器，古銀兔匙鑲紅珠眼睛，芥茉匙，水晶玻璃杯爬綴珐瑯質甲蟲，手繪陶瓷碗盤，樹脂燭檯，黃銅熄燭器，赤銅修容鏡，焊接風向雞信箱……我可憐的求婚辭令全部解甲歸田被這些舶來玩意兒收納去了。

我看見未來幾年內，早晨的速食店被銀髮族祖母進佔了，家庭主婦變成下午茶新主流，空巢期的婦人們亦因忙著旅遊、探親而成了空中飛人。蓓蓓告訴我，八七年起日本上班族女性以替自己選購一克拉鑽戒為榮，很快八八年就有了二克拉鑽石女性，她們不再等待鑽石是愛情的餽贈。小鑽風潮，方興未艾。本島的鑽石消費客層尤其是，女性主動買給自己，然後買給父母，丈夫，朋友，呈現出母系社會傾向的特色，為世界鑽石市場所罕見。

在重金屬上空疾速飛行，都市遊俠風，後現代羅賓漢，告別東京族，行動派拉鏈主張。我目睹千奇百艷個性店，春草漫生一夜間將城市佔領了。

青花唐草，淚滴蜜蠟，透明血珀，藍白相間蜻蜓石，魚骨圓珠，實心老料珠，蘇聯花琥珀，松綠石瑪瑙，古銅嵌景泰藍老太監指甲套……

生活被切割成支離破碎的現代人，香味無疑是使其統一的妙方。用檸檬和鼠尾草清醒神智，薄荷和橘子活潑社交氣氛，檀香廣藿香和香油樹促進臥房性感。用一七九二年，奇蹟之水，修士贈配方予即將結婚的摯友銀行家繆倫斯。異乎香水之水，繆倫斯家族的祕密，必須儲存於黑森林槲木桶中四個月，待增陳熟化，以藍綠描金瓶子封裝送往世界各地，4711香水——兩百年後始輸入此東方島國，成為某同志的液體記憶，使用它，便記住那氣味所黏附而來的所有紛亂的生活碎片。

於是我閱讀城市版圖，由無數多店名組成，望文生義，自由拼貼。我想像它們進入的祕口，各種族群跟儀式，如星宿散佈，眾香國土，如印度的千王政治，三千大千世界。

KISS LA BOCCA。當紅功酒，試管嬰兒，原來叫自殺飛機KAMIKAZI，改以試管盛裝，紅白黃三色，一次五十支三千元，老吧客和下班白領，吆喝共飲，一字排開，點燃汽油桶般用心情放火，騷勁夠。

FRIDAY，CIRCUS，TOP，攤，VINO VINO，南方安逸，蝴蝶養貓，夏朵，把戲，SOMETIMES，息壤，雄雞，向日葵，躲貓貓，4T5D，後現代墳場。

東京新宿式沙龍酒吧，異塵，挑高空間，用光束和碎玻璃為情調加料。

IR，U2，老媽的菜，陽光空氣水，慾望街車，懶得找錢，不用客氣，布貓，清香齋，小熊森林，HOMELIKE。

阮厝，食堂，酒菜，86巷，阿嬤家，談話頭，花吃店。有反共標語和公賣局煙酒鐵牌和中美合作握手圖案的，阿財的店。有三輪車老收音機電話舊報紙梳妝檯的，阿爸的情人。後現代中國風的PUB，長安大街。ABSOLUTE。

異形歌城皇宮，六層樓高店面攀附異形怪物。小弟們著迷彩裝如波灣戰爭時的帥哥美軍，穿梭帶路，搭電梯分赴卡拉OK區，KTV區，臺菜區，啤酒屋，BB彈房，DISCO區，一攤搞定。

臺北尊嚴，有關單位。半個天堂，西西里人。參布伍石，4分33秒。文化雜貨，追逐遊戲。法國工廠，未設防線，三十三間堂……

我坐在桌前，城市以文字排列組合的面貌構築，自我眼前像冰山浮昇出水面，雲垂海立。我寫出來的城市啊，僅僅存在於文字之中的，字亡城亡。

城亡之前，我記下我們的愛情。我與永桔的契約，和結盟。

南風起，吹白沙，

遙望魯國何嵯峨，

千歲髑髏生齒牙。

12

我目睹永桔望著的車流之街，幾年後開腸剖肚，鐵路地下化和捷運，翻起沙暴遮蔽了天空。市民們於其中掩目摀鼻不良於行，為了未來藍圖挨忍過現在每一天。

車子穿度被鐵皮牆或路障任意圈隔成小徑的迷宮行道，夜時，警示燈閃爍密佈於途。無車族，又沒有計程車肯載，我搭公車，據司機座旁，居高臨下見公車直駛進迷宮區，那一片佈在地面明滅的紅燈泡，天罡地罫，我彷彿走經七七四十九盞祈禳陣。

我跟市民以為的捷運地下鐵，等待終有一日路上的運輸量會大半轉到地下，姑且信其真的配合著過活。直到明白那莫名其妙橫過我們頭上霸佔住太陽光的醜陋水泥大蟒，原來就是捷運系統，果然，我們又被騙了。我委實悲憤，發出近乎瘋子近乎哲學家的喃喃囈語，為什麼?!為什麼?!為什麼?!

沙暴天空下，孤臣孽子翻開詩篇頌讀著，「我們曾在巴比倫的河邊坐下，一追想錫安就哭了。」

我已不再爭辯，我只在乎把窗子密閉，簾布深掩，但仍是日日清拭不完的厚厚塵沙。我莫大的撫慰，在拂擦乾淨的屋裡，與文字共處。

冴羽獠，多新奇的文字組合，是城市獵人孟波的日文名字。文字好神祕通報我，香奈爾堅持需用六至八片剪裁，不同於一般只用一或兩片做後背，此特徵行家用來鑑定香奈爾的真偽。香奈爾認為人的行動從背部開始，唯精細的背部剪裁才能使著衣者展現出風範。至於條紋魔彩之魅力，文字說，靈感發源自赤道的彩虹，在那裡，彩虹是直的。還有還有，一九一八年夏天，香奈爾度假返家時，帶回來一個震撼流行的紀念品，古銅膚色。

啊我只能把屋子佈置成我要的樣子了，我小小的清真寺。史陀說，在印度，要創造一個人類社區，所需者竟如此之少。手帕層次的生活，地上畫個方塊是膜拜之地，一張祈禱用的跪毯代表整個文明。為了生存下去，每個人必須和超自然保持一種極強烈切身的關係。

是的超自然，沙暴裡的市民們各擁一個超自然。

我的超自然，文字，文字。藥蜀葵，款冬，苦茗，津日菊，山艾，木賊，勞丹脂，西津蓍草，忽布啤酒花，沒藥，纈草根，媜樹香，安息香。還有沒食子，癭蜂產卵在摩澤樹葉上，幼蟲孵化後寄生葉內，葉生蟲癭即沒食子，可製單寧酸。還有刺山柑花蕾，續隨子的蕾芽，浸醋供調味，搭燻鮭魚吃。

我淫溺其中，恍兮惚兮。於是有人造起了凌雲通商大廈，白色琺瑯板由川崎製鐵進口，配銀藍反射熱控玻璃，造價貴過花岡岩和帷幕牆一倍。摩天天際線，信義路以南敦化南路，是北冰洋候鳥過境臺北須縱身一躍的飛行地帶。在那大廈裡的人，俯瞰時，見無物，只有一片太陽光也難穿透的渾黃沙暴。

我撥開重重塵幕望回去，車流之街，我們並肩走在天橋上。

跟一些拿貴賓券看免費戲的朋友，散場後吃清粥小菜，吃完各走各，走走，剩下了我，與永桔。

我們見過多次，心裡已愛，可誰都不先跨越。至今晚，我簡直沒法把目光從他臉上移開。而他，也回應我。我邀他到我租住處，他說好。但他忽然不走了，傍在欄干邊，望橋下車流。

我偎隨他，細細嗅著他身上的松、菸草、檀香味。我看過他大白天時的樣子，談過話，他以一個完整人走近我，拍打我心房之門。我感到閉鎖在門裡一塊精赤無丁點防護力量的軟肉，脈脈動起來，欲呼應門外叩問。太脆弱的軟肉，竟至任何牽動，都會裂裂作痛。是他，讓我發現體內存有的這塊軟肉。我所有在夜間瀝淬得到的碎金，加攏來也不及這一有。

我過於珍惜這有，害怕一旦敞開門，它就化成血水沒有了。相當長日子，我懷帶著它來來去去，深藏不露。它使我成為一個易感體，眼耳鼻舌身，全面豎張起來吸收我環境裡的一切。一切法，皆宛轉歸於自己，我真是耳聰目明透了。我所見所聞的世界，秋露如珠，秋月如珪，明月白露，光陰往來。

任何時候只要我勒住繮繩使意識的野馬稍一駐足，凝視那記憶中人，我的腰以下便熱融融瀊開來，軟一陣，癱一陣。光是想念他，已夠我神似潮顛。

他日益壯大塞滿我胸膛時，我有了不一樣的打算。我不願一夜之歡，我要長久一點，甚至更長更久一點。我要，生意不成情意在。我要把我們的關係複雜化，把他絞纏到我的生活網絡裡，盤結錯綜。是的愛情兩造，我要加重天平這端我的砝碼，即使性關係沒有了，我們還有其它的關係。

我接近他，如臨深淵，如履薄冰。我明白了永桔描述我的酷是，戴維斯的小喇叭音色行走於蛋殼之上。我毫不躁進，恰像經上所言，不要驚動，不要叫醒我所愛的，等他自己情願。

他的從不戴手錶，稚氣單眼皮，一組相機掛在胸前已成身體一部分，他的視器。他望車流久久，似乎在想怎麼收回允諾，婉謝掉我的邀約，這個他亦太捨不得放棄的邀約。

我一點不急，靜悄等候。我驚訝自己的泱泱大度。

他說了。他說，我不想忍受明天分開以後的孤獨。

我心一陣狂抖，握緊他手涼硬如薑。我的顫慄傳達了給他，並找著他的眼睛，互相正視。我不能自禁用眼睛裡灼熱的光芒親吻他眼睛裡的光芒，他承接，亦抖起來，發出氣絕般短促的痛苦呼吟。我說，你害怕嗎？

他像噝氣，像嗆到水的併出聲音說，不，我不怕。

是如此，同步了。

我們在還不十分清楚各自的滄桑路程時，走到了一個十字路口撞見。太可能是夢，我們手攜手五指交叉扣得死牢，想延長夢境似的一直走下去。連話都不想說，漫糊糊高高低低往前走。膠黏在一塊的眼睛，總是他先受不了，闔目仰天，吐著氣，手斜斜掩住胸前遭到重創的模樣，垂死優伶。他毫無舞蹈訓練，肢體卻充滿了音樂性。往後我見他朝我走來常有這個動作，似輸誠，似輕捧心房唯恐晃震。是啊愛一個人時，能明確知道心臟的位置就在那兒，裂裂的，重重的，會掉落出來的，好生得扶穩。住後我還目睹一人如此，阿堯。當時他腋下淋巴線凸腫出瘀青斑塊，他下意識用手擱掩，看起來像是他正扶穩著一枚心器，一縷魂魄。

我們一直走，不覺路途之長體力之疲，竟就走回到家裡。

我們是這般，太高的敏感度，太低的燃點，光是吻觸，便會到達。我暗驚，多久了，我同娼妓們的不成文禁忌一樣，什麼什麼都可以做只除了接吻。對她們，這是侵犯，賣了身體還要賣靈魂?! 對我呢，乾如嚼蠟無聊得直要作嘔，性交之荒瘠。

但是現在，輪迴之香，不可思議。我們返回到初戀少男的樸境，柔潤飽滿，多汁多水。善應何曾有輕觸，觸碰即出，沒法持久。我們既羞窘，又歡喜。故而沒有任何花招或技術，沒有那種終至把體力耗光也到達不了的繁褥的撫弄儀式。我們老實若兩顆堅果滾抱在一起，互嗅互觸，酵釀出醚味，沼熱，氤氳，便雙雙暈厥其中。不然，就只是臉對臉並躺著，也不說話，無盡傻笑。

呵觀空有色西方月，聽世無聲南海潮。我仍眠睏時，永桔起來看我，畫了我好多張睡相，揮字云，過去的，或掠逝的，或要來的……

航向拜占庭，航向色情烏托邦。

航向河邊道，在時光沉澱的深淵裡。蠶蟲及魚鳧，開國何茫然，爾來四萬八千歲。

子在川上曰，逝者如斯夫！

我記得，永桔必須暫且離開了。他得去印刷廠看封面色樣，一延再延，已近黃昏。我隨他下樓，藉口丟垃圾袋，步出門。路兩邊居戶，門前燃著火盆，騰捲紙符火星星。他走進煙裡，我好悲哀，大聲叫他名字。

他回轉身，倒退著走，盈盈小飛俠。

我喊道，陪你一起去吧。

他將手指按在嘴唇上，吻我的意思，繼續退走，好像舞者謝幕那樣一直退到轉彎消失。

輪迴之香，SAMSARA，以檸檬揭開序幕，導入茉莉，紫羅蘭，鳶尾，水仙，依蘭花，和玫瑰，最後結束於香草，頓加豆，檀木香。我飛奔上樓，抓了皮夾銅板車票，直去追他。奔到路頭，正見他踏登公車，我不叫他，瞧他入車。他會在下面第二站大十字路換車，我亦知那家印刷廠。

我等等，一部車來，便搭上，二站換車。我下車朝前走尚未到站牌，迎面他換的車開來，我站定不動，隱在一棵木棉樹幹側，目視他傍著車窗若一朵白蓮流過了岸邊。但我仍然走到站牌下，心想數到五十公車不來，就不去印刷廠了。

車子沒有來，我悠緩走著回家的紅磚路，黃昏在風裡暗丟，夜以燈火亮起來。

當時我已習慣於計程車，可永桔，他的財力，他唯趕急才搭。他又真是矜持，不肯用我的錢。我已經夠非社會化，他比我更甚，連手錶都不戴。

我邀他出席蓓蓓的聚會，後來蓓蓓約我，就一起約他。有時是，我跟蓓蓓共同回憶一些小時候的事給他聽。蓓蓓講我妹妹，我講我跟妹妹，總總又會繞回到阿堯身上。有時他跟蓓蓓臧否人物，口舌匹敵。不像我，永遠只是蓓蓓的唱和人，附麗者。蓓蓓若去一下洗手間或接電話，我跟他便趁隙啟閘洩洪，互相用眼睛裡的光芒糾纏一番竟至勃勃而起，待蓓蓓回來落座，我們幾不及匿跡。

我要蓓蓓帶她男朋友出來吃飯，她只說，老張很實際，不是我們這掛的。

永桔說，沒關係，我們會感化他。

蓓蓓說，別！千萬別！畢竟，他是我男友唉。

他二人嘻嘻笑起來，唯我發窘不以為這有什麼可笑，他們就樂不可支更笑開。我好傷懷，莫非我們註定就是做蓓蓓的洞庭湖鄱陽湖，具備調節長江水量榮枯的功能。

我們的非社會化不過提供了她這位社會人一個鬆緊口，安全閥。她到我們這邊來放肆，灌飽氣然後回那邊。我們扮演了若巫若覡的角色，因此必須為洩露天機付出某種代價，瞽聾瘖癡，鰥寡孤獨。我已接受這個運命並不怨嘆，也很樂意實踐利他主義，然蓓蓓不引薦我們認識她男友，我難免感到兔死狗烹，工具的淒涼下場呢。

瞧她多麼撒野。我們跟她，皆反對李某某想搞的什麼媲美帝國大廈的臺北地標，她卻必定非把調門升高到陽具崇拜，教我頻頻皺眉頭。當然我原諒她是民間素人，倒也大大不同於那些，此一陽具象徵彼一陽具象徵學派。

她說男人都有不可抗拒的題字癖，刻在石上，銘入銅中，為了虎死留皮人死留名。男人們的雄心，雄辯，就是這點看不開。

她伴老父探親，回程二十里傍洪澤湖走。老父教她分清了楊是楊，柳是柳，楊柳殊異，兩種植物正抽條發綠。進口不改裝的豐田小巴士，司機座居右，屢次逆向來車，錯覺要轟撞身亡。一瞥經過漁舟停泊的岸灣，有碑聳立書刻大字曰，一定要把淮河修好毛澤東。親家和司機都說是五十年代初期頭腦仍清楚時候題的字，字還不賴。她說，不及乾陵武則天，無字碑，功過後人評。

我記得，三人去澳底專為吃黑毛，蓓蓓開著她的喜美車。吃完走走港口，遙見龜山島。好久以前久得恍如上輩子，我跟阿堯一同望過的礁嶼，現在望著我們，人事全非。永桔斜倚廢船上，我猛回頭碰到他烏沉的目光，彷彿他亦隨我處在某個時間的迴影裡，閱讀著我的過往。而我感到蓓蓓首次於距離之外打量了我跟永桔一下，生疏的眼睛，那麼一下下，被我看到了。海邊這三位前中年期危機份子啊，我想著歌德的詩，我們這些年輕人，午後坐在涼風裡……

我亦帶永桔去妹妹家。

妹妹深記阿堯待她的溫暖，因此對永桔介入我生活抱著一種奇怪的敵意。通常妹妹太熱絡招呼客人，一刻不停止弄喝弄吃，以掩護她的害羞和緊張，向來如此。待漸漸無人意識到她存在時，她就平穩下來，用她松鼠般的小圓亮眼睛細察屋中動靜，需求，立即供應，不虞匱乏。她忙無可忙了，兀自啣著蒙娜麗莎微笑坐在最不醒目的一隅，且總是斜斜側對客人，似乎很想把自己隱身不見。

永桔滿心要巴結她，讚美她這些個拼貼布縫成的枕墊都是自個動手做的麼。妹妹像遁居空山裡忽聽見有人叫她名字的吃一驚，漲紅了臉，乾脆不理，眼光揚向我把應對任務一股腦都扔給我。我已跟永桔說過的妹妹手藝很好的事，就再說一遍。妹妹生氣永桔突然將她從不為人識的自在邊緣提拔出來，置於被注目的焦點。她離開話題現場，去屋後摸索了一陣。甚久，出來加茶，仍一臉紅掙掙的，眼白也泛紅，難以寬恕永桔的鹵莽侵擾。

她的小小清真寺，跨出門檻即已不分住宅區的叢立著色情行業。她努力在陽臺種滿綠色攀爬植物，隔阻五濁惡世。她裁做的雙幅窗簾，拉開碎雛菊印花布料的外層，裡面一層白色蕾絲紗，朦朧日光。一屋子ＤＩＹ，她的巧手佈置，展現出轉經日本再製後的英國鄉村風。她保存著所有自幼年少女時期以來的收藏，單是阿堯年年寄給她的賀卡有一疊，及阿堯周遊列國為她屯積的許多小紀念品會裝成一袋，託我轉交。妹妹把阿堯給的壓花書簽皆裱入相框，釘在鞋箱上端牆壁，三、五個錯落有致。賀卡裡還有阿堯引普希金的詩云，不要說玫瑰花已經凋謝，要指給我們看，百合花正在開放。

我曾偷偷從阿堯家抓回四顆太妃糖給妹妹，為那四種玻璃紙包裝，金黃，酒紅，寶石藍，孔雀綠，內裡銀錫紙，剝開是淡粉紅或奶油白的糖。妹妹當然不會吃，賞悅它們直到泛潮發黏了，吃完洗淨玻璃紙晾乾，夾在課本裡。它們一度是我們家中最豐富的色澤，我跟妹妹幻想中的阿里巴巴叫喊芝麻開門後所見到的璀燦寶物。

妹妹隨我去阿堯家，她老是歛身站在我的影子裡希望沒有人發現她。她瞧媽媽房間，榻榻米上一架化妝檯，瓷瓶白山茶，旋轉小沙發凳，全部生平所未見。媽媽對鏡整妝，喚她過去。她竟不退怯，登上榻榻米直直走到媽媽跟前。媽媽用口紅把她嘴巴塗了塗，扶在鏡前端詳，笑說可愛呢，是麼，可愛呢。那一天妹妹呵著唇不吃東西，保存回家，萬般惆悵看它溶淡了。

媽媽一輩子化妝。其妝，我少年看她到阿堯死時，今昔皆然。像是能把人間千百情緒吃掉的妝，成了能樂面具僅是個象徵，我竟不知那底下可有七情六慾否。

阿堯離國不返後，媽媽在這家中的唯一紐帶就斷了。我們從未見過阿堯爸爸除了遺照，他留下的痕跡只是一把小提琴，一箱哥倫比亞出的古典音樂唱片，半截維納斯石膏裸像，和一冊炭筆素描，畫的是穿海軍領制服的媽媽，側影，正面，四分之三面，低首清晰的頭髮中分線。他戰前去的京都唸文學，太平洋戰爭爆發滯不能歸，戰後帶回來日本人妻子，以及自十八世紀以來便被文學家極致浪漫化了的疾病，肺結核。

媽媽遂返故鄉。

阿堯寫信告訴我媽媽將回東京繼承遺產啦，我若有空不妨給無極老母掛個電話 say goodbye。

在我的墓穴歲月之中，我甚至不記得有這封信。我不記得妹妹何時畢業，做事，交了男朋友，何時她已長大。我更不記得，長年流戍海疆的父親一旦退役下來就住院了，待我去醫院望他已胃癌末期，全身有孔的地力插著管子。他偶爾回家皆在夜晚被燈泡拉大的影子，縮癟為一束柴薪。喪葬我獲得五天假北返，但大部分時間我於街上走又長又久的路，會走到傑的樓下，木立甚久。父親之死，肯定不比我的失戀大。到我依稀想起媽媽這件事，我像是逃避債務的要忘掉它，而總有一隻卑微夏蟲在我肚裡說，拿起電話撥一下吧，也許媽媽還沒走。

好煩困人的小蟲聲，必是不讓我安寧。終至那些個翻遍電話簿的荒涼黃昏，我撥了阿堯家電話，他家兩支號碼，一支診所用的我從未打過。我說找黃伯母，是黃書堯的同學。聽不懂，我就用我的破爛臺語再講一遍。果然，媽媽已回日本了。

啊媽媽有幽香和插著白山茶花的榻榻米房間。很久以後，我在東京媽媽家聽過一張謠唄，唱鶴妻的故事。鶴為報恩嫁給男人，以羽織布贈為信物，華美驚動鄰坊，唆教男人令妻再織。妻勉力而織，唯織時絕不准人看。妻又織成幾匹，卻日漸消瘦下去。男人偷看了她，見是一隻白鶴拔取自己的羽毛織進布裡。然而來不及了，鶴已發現男人。羽盡恩絕，鶴厲聲一鳴沖上天去，杳逝無蹤。

妹妹叫喚我，她說阿堯媽媽是上個月初走的，她看到阿堯信，因此打了電話去跟媽媽道再見。

我坐在陰暗中怔愣看妹妹。

她聽見我跟阿堯家通話，從房間出來告知狀況，講完即進屋。她必已把我看透看扁，我的真實身份，幹的勾當，什麼什麼她都知道了！

我慚惶發覺，何時，她已留長到腰的直髮！我太久都忘記有這個妹妹，她會怨恨我嗎？我們曾經那樣相依為命過。可是坎坷途中，不知怎麼的，我就拋卻了她。

我們幼年無炊的日子，給託到對面陳媽媽家吃飯。母親三天兩頭為哥哥跑學校警察局，姊姊政戰畢業在康樂隊，他們的成人世界糾紛太忙亂，遂使我跟妹妹兩個來臺灣生的得以化外自治。

在陳家滑涼磨石地客廳一角，我們看成堆的南國電影。邵氏巨星雲集，我們與寶華寶莉寶茜姊妹各擁其主，日日爭論不休，甚且暗中將其主的美艷玉照塗成鬥雞眼或八字鬍，弄到三寶姊妹不讓我們入其屋。但我們很篤定只要陳哥把新一期帶回家時，她們好興奮又會拉我們去看。她們用被單毛巾布扮演林黛的妲己和貂蟬，也需要我杵在椅子裡當大王，以供她們可歌可舞。寶莉對我伸展翅膀一般敞開表示浴袍的被單說，大王，你看。她是唸做，代王。我得回答，好！好！她就仆在我腳前暈死了。我得仰空大笑，妹妹跟寶茜便跑出來，扶起她捧進房間。

寶莉也演魚美人李菁，滾倒磨石地上，鯉魚精變為人。一向是妹妹持杯和夾竹桃葉扮觀世音，不斷朝魚精灑水，但妹妹漸漸不愛玩這些了。換我拿剝開的秋芒穗子當拂塵，對寶莉揮搖咒力。寶莉扭動著魚尾巴的雙腿直滾，這頭滾那頭，再滾回來，十分逼真發出煎痛聲，要我用力施咒助她。我以拂塵掃她，她極富表情的鼓舞我入戲。她自扭滾不停，臉容曲折出汗，使我又緊張，又亂暴，奮猛抽打拂塵竟至下面硬起來。我瞿然覺到，撒手皇皇，傻了片刻，跑掉。

我臉紅跑離陳家，納悶剛才妹妹她們還在屋裡的，轉眼都不見？

屋外大白晝，也沒人，水泥地上粉筆畫的跳房子，搶寶石，紅瓦畫的過五關斬六將，橫線豎線，一地亮晃晃。

我回家裡，原來妹妹先回了。

她在幫紙娃娃做衣服，描好了衣型，拿到紗門上用蠟筆輕輕勻抹，印出凹凸深淺的紗格，新布料新設計。她實驗各種印紋效果，草蓆的，尼龍沙發面的，籐椅，蒸籠，崎嶇牆壁，菜籃，植物葉子，蒼蠅拍。不久她發展到集成一本簿子，內藏諸多紋色，我曾見她蹲在陳家門前拓新腳踏車的輪胎紋。

我們如此不知覺結束了一個時期的遊戲。我放學抄捷徑走狹巷裡，寶莉迎面來我避閃不及了。她眼睛有野野的星芒對我跳躍，每令我窒熱難呼吸。我使盡力氣把自己壓縮成一張人皮貼在巷壁讓她通行，她澎湃的體味和血液如洪水經過，拖走我腳下的土基。她過去了，我塌陷溺水，短暫的滅頂，然後才浮出水面回過氣來。

如此不明所以的，我跟寶莉姊妹分了疆界，路上不識，相逢噤聲。男一邊，女一邊，放假日，空蕩蕩就找不到人一起玩了。

但我未加入村子口抽菸的大男生堆裡，籃球場那堆，也沒有。初二我與阿堯分到一班，他找我看電影。我開始看西片，從他。每月必看，收集圖照海報，阿堯每期買映畫之友和ＳＣＲＥＥＮ。亞蘭德倫的第一部片子，弱者女人，為了看他我們看了五遍。裡面一首插曲保羅安卡唱的ＤＩＡＮＡ，我在阿堯病中哼時，他竟老淚縱橫。

妹妹跟我們一起看魂斷藍橋，迷上費雯麗。她集費雯麗的劇照，黑白沖印，一串吊在西門町騎樓下的書報攤上。我若看到她缺的，就買給她。她第一次吃西餐，阿堯請的在美而廉。白瓷盤上珠玉粒粒騰煙的飯，旁置阿拉丁神燈似的銀漆碗，盛著咖哩雞鮮黃如金塊，澆飯吃。妹妹很謹慎，有禮，而幾近矯飾享受著這個一千零一夜。回家後她常試用盤子吃飯，拿國軍的配給乾糧餅干，薑糖，橘子粉調開水，佈置餐桌進食。

矯飾的態度，她曾經同樣表現在阿堯家，意思像是對這種大家庭的幽邃氛圍她絕不會怯場的。她勇敢接受媽媽給她塗口紅——須知，我們的母親似乎從來沒用過口紅，我們家亦根本沒有過化妝檯。姊姊呢，我記得的她，永遠是踮腳擠在衣櫥和五斗櫃之間不寬的距離移動弄姿，盡可能把打扮好的身影全部裝進衣櫥的鑲鏡裡詳個仔細，然後昂糾糾趕出門，屋內四散她換下來的衣物腰帶拖鞋，東一垛，西一垛。以及，忘了沖掉的一馬桶殷紅色，使我異駭奪逃。

妹妹僅去過一次的阿堯家，走後門。我也從未走過他家正門，那只給病人和客人進出。三層樓房，正門改建為面磚洗石子鑄鐵欄杆，近於現代主義式簡化的水平線條。後門就還是洋樓式樣，清水紅磚，綠釉花瓶狀漏空排列的欄杆，拱形窗洞，窗櫺內束在兩側的花紗簾。樓房比鄰街坊，極狹長，前衢後巷，三進，兩個天井採光。

我們穿越過有火爐大灶的廚房天井，到二進飯廳等阿堯，呆望那供檯上的神明跟猩紅長明燈，亦我們村子裡家家所未見。飯桌堆置新進的藥品和藥廠所送月曆，氣味好生辣。阿堯立即下來帶我們上二樓，一進是客廳，敞亮掛有捲軸畫著松跟鶴，阿堯與媽媽堂姊弟們住三樓。從媽媽的榻榻米樓窗望下去，後門小庭院，種植含笑，山茶，椿花，櫻，紫蘇。阿堯睡媽媽房間直到考上高中的暑假，男女孩們大搬風，他跟堂弟一間。但他仍習慣媽媽房間，坐榻榻米上彈一下午吉它。我來找他，媽媽說在樓上，我逕登樓，循吉它聲至。

他非要替我打扮，將他最愛的兩件家當，純白高領毛衣，皮夾克，套在我身上推到鏡前同賞。

頹散歪在榻上，他問我秦某上體育課為什麼不敢穿汗衫。我不知，雖然我感到他是過分在乎秦。他說因為秦腋下長出了毛。

他枕著手臂伏桌上，我以為他睡著了，他在哭泣。

我騎單車要去阿堯家，想載妹妹一道，她似乎憧憬那拱窗紗簾。我們村子的淺門淺戶，是從窗口探探就知道這家晚飯吃些什麼東西。我邀妹妹同往。

妹妹說，要做功課不去了。

是的妹妹不會再去。

往後，她竟打電話給媽媽道別。她曉得我怠懶不文，代我執行了阿堯的囑咐，她不要媽媽看我們是野蠻人。多麼過慮，傲持的妹妹！

好難搞定的妹妹。永桔說，唉你妹妹不喜歡我。

我說，可以了她本來是這樣。

我與永桔，處心積慮在築營我們的蜘蛛巢城啊。把吐出的晶瑩白絲一根一根延往彼此的過去，縛住那些漂浮於時間荒流裡的記憶碎塊，打結以記，交叉成線，搭編為網。的確祖先和活著的人同等重要，亡靈與生靈都有一個位子。

我們絲毫不張揚，暗暗把巢黏著於社會森林的隙間，孜孜矻矻，游走在曝光未曝光之際。我們自我蓬垢，卑微哼唧祝禱文如一首流行歌唱的，「我要的不多，我要的真的不多。」冀盼我們的恭順，渺小無害於人，甚或弄臣媚趣也行，只要能博取命運歡心因而賞予我們更長久一點的契約。識破未識破，可說不可說，我們不求聞達於諸侯，但願苟活在綱常人世。

所以阿堯，他的激進和憤懣，著實嚇壞我們。我看他，簡直是洪古之初與黃帝那場大戰的刑天。黃帝斷其首，刑天便以乳為目，以臍為口，舞干戚而操。我們矇上眼睛，不敢看。背轉身，冷酷離去，不想知道結局。

相愛，使我們變得竟如此膽小，而且只會越來越膽小。本來爛命一條，現在兩條，馱負著另外一條的生老病死，我們嚐知了不自由的滋味。不自由之程度到了何等地步，我會繞道避走捷運大蟒底下，免得上頭隨時可能坍落水泥塊把我砸死。難以言喻的神經質，保命，逃禍，躲險，凡一切但求延壽為了相愛。

我因此覺得生與死是同一張面孔，它就在我前方稍高處垂首著。常常，它就在那裡，過馬路時，搭電梯時，此刻書寫時。並不可怕的面孔，甚至帶點似有若無的微笑。接近於，假如牆壁上掛了一個能樂面具，抬臉望它，它俯面朝著我的，那種感覺，就是了。若更鮮明則是一幅印度女神，張開四隻手，兩隻攜了利劍和人頭，兩隻伸展做祝福保護狀。我在她跟前，我乃這樣與她共處著。因此死，並非死神，第七封印裡身穿連帽黑袍跟騎士下棋的死神。而是俯面朝著我的，生。

古希臘人說，你絕無可能置你的雙足於同樣的河中兩次。

是的，莊嚴劫，賢劫，星宿劫。

往昔近昔瞬昔。

13

江山如畫，古代曾云海綠。

藻葉從可見得到的海底升上來，一大片，一大片，在我胸腹下面劇烈漂搖，像無數亡靈或生靈伸出它們歡迎的手勢要把我拉過去。永桔在旁牽著我身上的救生圈游，從潛水鏡裡看見他腿有時擺動如魚，有時垂直踩踏著。他在，我就不怕。他儘帶我往深處去快到警戒線，讓我看不同的魚。我嘴巴啣緊呼吸口，管子伸出水面。海底逐漸跟我拉遠，見不到了，藻叢則越發巨猛起來，我就把命放置交給永桔。他的聲音在我上方說，別怕，岸很近。我看到一隊鮮黃扁魚，真像幼年火車便當裡的漬蘿蔔片，又有閃逝電光的晶藍魚。我看到永桔矯健的腰腳在水裡，不能相信其是屬於我。帶我鰜鰈前行，忽至一塊明亮水域，一群小魚銀屑般散開，又匯攏。永桔稍放開我，泅入我底下，從蛙鏡裡用眼睛對我笑。我些些緊張，頭浮出水面，已回到了岸邊。

我遙想素盞嗚尊，他反叛姊姊去建了出雲之國，他是日本第一個歌人，歌曰，「天上五彩的雲，雲照下我的城，照到我的妻，我和她住在這裡。」

我一生最輝煌的時刻。岸上是妹妹一家人在小憩吃點心，海裡我跟永桔嬉戲。我們極努力經營出來的理想國，永生的圖畫。

海洋公園，我們已帶兩小孩來玩過，太刺激了便全家來玩。妹妹不下水，大概有月事。永桔好有禮貌的捨棄不穿他那條緊俏三角游泳褲，換穿老實的四角。他細心帶齊了大人小孩用的潛水鏡蛙鏡，救生衣和圈，防曬油。他不厭其煩領小孩在淺灣看魚，教閉氣。妹夫淺灣深灣兩邊跑，我多半與妹妹一起。她會告知我姊哥消息，母親跟哥哥一家住。我望著大地斜去的影子，嘆息。西沉的永遠是這同一個太陽啊……

幸運時光，我總感到無常。

我們穿越城市，摩天建築群造成峻削谷底的颶風。頭上天空割裂為條隙斜角像馬戲團搭起帳篷，在颶風吹迷我們的視線中劈拍鼓盪。天呀我們雙雙仍活著，無病無災無HIV帶原。我們要善用餘生，少做一點愛，使恩澤被及他人——末聖的憧憬，抱負？

我們需要秩序，因為我們是違規者。

費里尼說，為了能踰越常規，我需要很嚴格的秩序。有許多禁忌在我每一步中，道德規範，宗教儀式，頌歌夾道護我。

於是我們抵達瑞米尼。一到冬天，瑞米尼就不存在了。阿瑪珂德裡大霧遮斷一切景物的冬天瑞米尼，廣場不見了，市政府不見了，馬拉帖斯塔神殿也不見了。夏天時依曼紐戲院的影子橫過卡弗廣場切割為二，冬天，都被霧吞噬掉。上學途中的費里尼，突然，臉前出現牛頭，牛也很吃驚睜著大大的目珠看他，對峙移離，霧裡牛發出一聲低洪牟鳴。

我們行經新宿西口超高層。連綿成團，成塊，成城，一片千佛洞般的窗格子，使我們恍如行經尼羅河左岸帝王谷，遙望山腰上遍佈無數墓窟窿。於是午休時間從各個出口流出吃飯人潮，一堆一堆走在空中聯結為陸地的橋道上，男性一律西裝領帶，女性裙子套裝，我們像闖入未來某個宇宙基地，又或是歐威爾的一九八四？

我們的火車駛到汪洋裡，遠近星散浮標和樁柱，是一條水上狹路，前無岸，後無涯，也許潮水稍漲就把鐵道淹沒了，如此進入威尼斯。我們一轉過頭，九十九公尺大鐘樓，尖頂於雲中奔馳，雲跑得太快以至鐘樓搖搖欲墜般。我們以為在德菲特，七百年小鎮，一樣的飛雲夥脅著市場中央新教堂的尖頂在跑。日色暗去，夜空變藍，德菲特，荷索拍攝吸血鬼的場景地。德古拉從門縫鑽出來，厲白大光頭顱，活似我在報紙上看到的最後的傅柯。

德菲特如童話裡的夜空藍，只有SANRIO公司七六年創售成潮的星星雙孩所飛翔的天空可比擬。我從日本帶禮物給孩子們，HELLO KITTY系列，大眼睛蛙，兔媽媽，WINKI PINKI。妹妹買SANRIO產品，其實是她自己愛。我迷途於這些可喜玩意兒裡，找尋日漸稀少的星星雙孩跟他們背後的夜空藍。我曾懷疑他們是否記載中的熒惑星，降世化做緋衣小兒傳播歌謠唱，「月將昇，日將沒，壓弧箕箙，幾亡周國」，市上小兒都唱起來。

我們離開聖馬可廣場搭船到麗都島，瞻仰島上的DES BAIN，威尼斯之死的主場景，在那旅館樓階上維斯康提初遇美少年達秋。十五分鐘航程，漸遠漸淡成霞色的威尼斯，漂泊於平波如鏡的藍水上。這無基之城，塞滿工藝品。白髮老翁伏案吹出玻璃甲蟲，蜘蛛，螞蟻，極小的玻璃鹿。到處是肥皂泡泡般的玻璃香水瓶，罐。幢幢吊著面具的魅麗影深裡，女孩在鹵素燈下沾著銀粉填描一面臉譜。葛蘿石巷，沿壁躡行，壁中人語歷歷。走出壁道是暖黃食街，披薩香腸生鮮舖。店招像果實纍纍，拱橋，陡坡，坡橋上月牙伸手可及。這城泊浮水面，向陽的一半，水光金幣花花在跳，背陽的一半，靜似琉璃。這一半陰處是翠藍，水晶紫，黛綠，天鵝絨黑，猩猩紅的榭閣樓臺，轉到陽處就一律溶成楓金色。這城正每年幾毫釐在陸沉著，苔蝕，水蝕。

陸沉之都，七寶華燦。

魯拜集的耽美。

綠洲文明的悲觀享樂主義。

永桔他們工作隊將從烏魯木齊出發，走吐魯番，焉耆，庫爾勒，庫車，阿克蘇，喀什，莎車，三岔口。他已經兩趟走絲路，上次是西安，蘭州，敦煌。他忙碌了幾天回來，我們躺在牀上時，我假裝不知道他想要做愛，翻身睡覺。次日他收拾行李，睡袋，水壺，羽毛衣褲，防沙鏡，頭巾，高效能電筒電池，潤膚油，各類藥品。他出遠門，我在心理上就已當他是死了，靜待出事通知。故我不做愛，欠這一份，要是我們的契約尚未滿，命運便會因此放他回來償付。然則滿了，我們就互相欠這一份罷——沒有來生，只有伴隨我到死的時候再死一次。

然後他回來了。黑，瘦，風霜，老了五歲，眼睛卻因重逢而烱烱發亮。他跟我講紫砂色火焰山，崖邊有玄奘拴馬石柱。鳴沙山的沙浪濤幾十尺高，漠風竟吹出了擊鼓聲。

如若從極東第一個綠洲哈密開始，向西行進，每經一段沙磧，望見天邊有一點綠，每歷大片戈壁，走進花香鳥語之國。如此出新疆，通中亞，小亞細亞，埃及，北非，至卡薩布蘭加，歷經幾百段無人沙漠，和幾百個綠洲都市，荒涼與繁華，寂沉與喧囂，末聖走完他的伊斯蘭巡禮。他思索祖先們之痕跡。沙漠裡廣大，變幻，唯一的星空和他的蠕蠕以行，沙漠誕生了一神教。綠洲，卻孵出來神祕玫瑰香氣的一千零一夜。

一神教毀棄偶像，雷厲風行禁慾主義，感官便只好自滿於把感官全部化約到香味，花園，刺繡，鑲嵌，蕾絲邊裡去了。熱空氣中的海市蜃樓啊，陸沉之都。

我們來到古城鎌倉。櫻花正放，遍地花祭，遍城搖曳燈籠裡歌唱著，有人的地方，就有蒼蠅，還有佛，在盛開的櫻花樹下，沒有人是異鄉客。

大船製片廠於此，小津數部片子都在這裡拍。我們認出那屢屢映現於各部片子裡的空鏡，五層塔風鐸，山丘，電車月臺，以及攝入麥秋裡的八幡宮和大佛。而那一再被排列組合關係的兩名演員，父女，兄妹，叔姪，公嫂，笠智眾與原節子，則是小津心目中的理想人。理想的男人，理想的女人。

按作者論，每個導演一生只在拍一部電影。那麼小津，他拍的就是嫁女兒。一個個體從所屬的團體脫離，加入另一個團體，為了世界的建立和延續，經上說，你將離開你的父母。小津不拍娶媳婦，顯見嫁，是一種減損，割捨，失去，其引起的騷動跟悵恨足供小津花一輩子功夫去探索，到他六十歲死時仍言猶未盡？他的第一部有聲片獨生子，片頭字就說，人生悲劇第一幕從成為父母子女的關係開始。

他終身未婚，我揣測他是否一名隱藏，或昇華的吾等族類？他與母親二人住在北鎌倉淨智寺旁，我們依依來憑弔。穿過小津通常要走四十步的隧道，山壁小徑柿子樹，下方竹林是小津喝醉回家常常跌落其中的女畫家小倉遊龜家。為此我們也買了小倉的畫冊，她家二樓扶梯口掛著泰戈爾來日本時毛筆寫的一句梵文詩。小津的媽媽戴副眼鏡跟小倉畫家一模樣，是那種所有媽媽的永生形象呢。小津每開玩笑說只要這個老太太還活著，他就不娶老婆。記者問他為什麼單身？他說是錯過婚期之故，正想要成家的時候被抓去當兵，對，蘆溝橋事變爆發他出征中國，兩年返日，又出征南洋至戰爭結束。他說退伍後再想結婚已變得很麻煩，有媽媽相伴便心滿意足了。

他自升任為導演的處女作懺悔之劍，結識編劇野田高梧以來三十六年，至遺作秋刀魚的滋味。他倆乃聲名遠播的酒豪，早上起來一見面便先要乾一杯。無數個本子，在久久的品酌之中，以對白你一句我一句，慢慢磨熬出來的，至醺方歇。他片中最常見的對白，そうですか，「是這樣嗎？」想想東京物語裡的老夫婦，總在那兒用這句話一應一答的，並非疑問，倒是認同，產生出能樂舞臺上似沉吟似觀想的節奏，氣氛，一種惺忪之境。

小津的攝影師，前面十年是茂原，後面十年是厚田，大家每捉狎攝影師是他老婆。邁進有聲片時代，小津仍頑強拍了五部默片，毫不輸給隔太平洋的卓別林。這是因為茂原當時正潛心研究有聲電影機，小津與他約定無論多久都等他把機器完成。處在質疑小津為何不拍有聲片的四面楚歌中，他默默拍著默片。

現場，異乎尋常之靜，小津很和平。唯他曾怒斥一名太過火的演員說，流行歌曰，笑在臉上，哭在心裡。高興則又跑又跳，悲傷則又哭又喊，那是上野動物園猴子幹的事。說出心裡相反的言語，做出心裡相反的臉色，這才叫人哪！

他肩膀闊厚，鼻樑挺直，好看的髮，不笑時像大象的眼睛笑起來更像了。他一生站在疏遠的邊緣凝望家庭，他憾缺的，因此寄予無限緬懷和辯證的。當家族中的細胞混攪一團悟不透本身的處境，趨向離散跟崩解，他因為所立位置的便利，而看清楚全局。他成了智者，思省者，拍出了他的寓言。

他愛用人物面對鏡頭微笑說話著的上半身中景，近景，有禮貌的女人性，一如日語的女性用語嚴別於男性用語。想想原節子，那一點也不怕男人的無猜神情，和笑顏，令我記起傑，他描繪他情人的氣度是，「我不屬於任何男人，悠悠然兮多怡哉。」還有宮崎駿動畫裡的女性女孩，想想紅豬，那一群遭綁票獲救的小孩們的日語，音腔，笑聲，令我油然發出稱頌，真是個女人國呀。

我們碰上了櫻花祭，如此愛祭祀的國度。

如此愛花，愛美，美術的民族。

光是八幡宮庭園的花，再來有牡丹祭，菖蒲祭。凡花皆祭，四季必祭，無一物不祭，即物即神即象徵。所看見的即所存在的，此外別無存在，女人愛祭。

聽，笛聲高亢的不連續音一節一節彷彿在空中砌築符碼，我們為之蠱惑，翹首解讀，日日於櫻花海裡追逐鼓陣隊。聽，天鼓地笛。空中符碼吐訴著，三千大千世界，千王政治，眾香國土，印度的女人性。

看哪，史陀也現身了，他說，伊斯蘭採擇了相反步驟，沿著男性的取向直去了。是的抽象，統一的，一神教。

搗毀偶像自亞伯拉罕始，十誡出，眾神息。

我們棄了鼓陣隊，停駐高臺前，為那臺上正舞著的朱裳白襦巫女所迷。不知名的神社，司樂坐臺兩側，古衣冠，吹笙擊鼓。

巫女朱裳的朱，一如印度女人眉間點的聖誌硃色。白襦的白——殷輅車為善，色尚白，殷商的白。一千五百年前，主掌上下埃及的女王海茲佩蘇所著白袍白冠的白。源氏物語畫冊裡白牛駕朱紅車子的，朱與白。

十七歲，十九歲，巫女穿奈良朝皇女裝束，白襦廣袖，朱裳闊裾，金冠，垂髮綴白麻。巫女倆倆持有柄的鈴，柄上繫長寬飄帶。右手執鈴，左手攬帶，左右開張擎與肩齊，鶴翅般，欲飛的，立起身，右手鈴一振潑刺飛起，應著鼓和笙笛，對神而舞。

裾闊，袖廣，一搧一闔，簡樸得像大地在呼吸。卻驀然巫女一轉身，面朝臺下的參拜蒼生舞過來，三步五步，似潮汐拂拂升至，瀲灩逼人。時當南北朝北魏初唐的奈良朝啊，華表千年鶴歸來。

柱即華表，以柱測量日影。

我們參拜底比斯阿蒙神廟的繁柱堂，一百三十四根巨大石柱，棋子般森森列於棋盤上。七月新年，洪水抵臨，上噸的玫瑰花崗岩和雪花石膏與洪水並至。歡樂奧佩節在氾濫季的第二個月。巨柱受啟於尼羅河的紙莎草，柱頭有些盛放如蓮花，有些密合若花蕾。

眾多方尖碑，一個被拿破崙掠走至今豎在協和廣場上。一個到了聖彼得教堂前，我們在那裡締行婚禮的。我們遠眺威尼斯地標聖馬可教堂，那寶藍色星邃的大鐘雕，環刻羅馬數字和塗金十二宿座，金指針，金刻度。鐘塔上站立兩位青銅摩爾人，五百年來敲鐘報時，絕不誤事。

我們看能樂，瞌睡懵懂。只知能的扮裝屬於平安朝，很大派，時當典靜宋代。又看歌舞伎，紅葉將，十六夜清心，兩齣戲碼，旦角衣擺收窄到三寸金蓮般的講究婉約之美，是江戶時代大阪商人的趣味呢。

侘，寂，粹。為了益增嫵媚而偷情，美學的外遇。

我們行經帝王谷，拜訪海茲佩蘇女王的大墓殿。

女王的父親沒有嫡子，王位傳給她。由於女人不能稱王，楔形文字裡從無女王一詞，她與近親兄弟結婚，丈夫為合法的法老。法老早死，也沒有嫡子，擇王妃幼子繼承是圖特摩斯三世。實權在女王，掌持二十二年，穿法老的服飾徽以蜜蜂百合花，戴法老的假髮假鬍子，白冠高聳蛇或鷹，往來文件皆以國王稱呼她。她不好戰，而喜奇異物寶，大批探險隊從四方帶回來埃及人未曾見過的猴，豹，象牙，烏木，鴕鳥毛。她喜築祀殿，也在阿蒙神廟立了兩支方尖碑。圖特摩斯三世繼位，出征十六次，版圖及於巴勒斯坦敘利亞。回到底比斯，他把神殿裡女王的名字皆削除，刻上祖父之名，並開始興建自己的殿堂，於一組密室刻滿遠征事蹟，石壁上的編年史。

夏夜，我們再來白天已來過的卡納克，尼羅河右岸，聲光秀誘領觀光客遊一遭。聲音有聲音像是從河那邊揚起，邀請我們進入一百二十四頭獅身羊首守衛著的卡納克。聲音說，你不必再前行，因為你已到達，這裡就是時間的起始。

短笛奏揚，聲音說，是在這裡，卡納克，名叫阿蒙的神坐在山丘上。這裡是七月的水上升起來最初之地，氾濫季時野鴨棲息之所……

聲音從各個角落瀉出，巨石頂上，廢壁，斷垣，殘柱，祕道，河對岸。燈光移往一尊雙手交叉握著節杖和鏈枷的法老身上——聲音說，我，遺失了名字的法老，眾人在我的腳座前爭辯，我留下了這座巨像。

號角嘹亮響起，老人的聲音說，我，拉美西斯二世，十九王朝的火焰，三千年前建造了第二道你們將走入的塔門。我頭戴上下埃及的聯冠，三名皇后睡過我的床，第三個皇后是當時小亞細亞霸主赫悌的女兒。我後來娶過自己的四個女兒，我共有兒子九十三名，女兒一百零六名。

聲音說，我，古埃及黃昏期的國王，托勒密猶發知提三世，建造了這扇大門，取自黎巴嫩的真正杉木，鑲以亞洲的黃銅。今夜此門為你敞開，你將進來卡納克迷宮最奇妙動人之處。

年輕的聲音說，我，圖坦卡蒙，在這庭院中，我只留下一頭方解石的史芬克斯。

十八歲即死的圖坦卡蒙，因遭盜被發掘出土了最多寶物和壁畫，而聲名大噪勝過其他任何法老。帝王谷墓穴，我們深深進入地下看了他甚久，甚久。

我抵達北印度拘戶那城，佛陀去世地。我亦橫越恆河平原至菩提迦耶，佛陀悟道處。在永桔去川滇緬甸拍絲綢南路離開我最久的日子，我趁寒假臨時搭一個朝聖團去了尼泊爾印度。

巡禮地球古文明地，我們也曾在雅典娜神廟前坐賞聲光秀。目睹奧林匹克廢墟開著紫色蒲公英，特洛伊只剩曠風終年刮掃砂石遺蹟。橄欖林吹搖著它低矮的墨綠浪，或翻過背去的銀灰海。至於永桔因工作，因熱情而幾乎快踏遍的海峽彼岸，我卻一次也不曾去過。

山陰道上，絡繹於途。可是我呢，就是沒去過。

是的在我的世界版圖裡，我獨獨跳開那一大塊陸地。

現在，它在那裡，一件我脫掉的青春皮囊，愛情殘骸，它狼藉一堆扔在那裡。我淡漠經過它旁邊，感到它比世界任何一個遙遠的國度都陌生，我一點也不想要去那裡。

我使用著它的文字，正使用著。它，在這裡。

它在文字所攜帶著的它的一切裡，歷經萬千年至當下此刻源源不絕流出的，這裡。

毫無，毫無機會了，我只能在這裡。

我終於了悟，過去我渴望能親履之地，那魂縈夢牽的所在，根本，根本就沒有實際存在過。那不可企求之地，從來就只活於文字之中的啊。

14

費里尼說的罷，音樂是殘酷的，讓我飽漲了鄉愁與悔憾，曲終我總不知樂音何去了，只知那是個不可企求之地，為此我更覺悲哀。

那不可企求之地，永桔回來跟我說，看到山東的桃花，鄉野裡整片桃花林，非常之妖魅氣。在沂蒙山區，幾乎家家是烈屬，並非家有陣亡軍人，而是民工，上到前線，排成人海，踩地雷，消耗國民黨子彈。他走經林子抖抖的，覺得跟我再也見不到了。

是啊那桃花林。三千年前周宣王跟犬戎打了敗仗，回鎬京途中聽見小兒們在唱，月將昇，日將沒，壓弧箕服，幾亡周國。三年後齋宮大祭，深夜忽見一美貌女子從西方冉冉而來，走入太廟，大笑三聲，大哭三聲，將七廟神主捆做一束，冉冉東去。周宣王跑去追趕，驚醒是場夢。此夢以後才知，大笑三聲應的是褒姒烽火戲諸侯，大哭三聲是幽王太子被犬戎殺，神主東去，平王東遷洛邑了。

桃花林。傳說妲己被斬首時，斧鉞手連舉三次無法下手，結果是紂的兒子殷交掩袖斬了。

桃木驅鬼，桃符避邪，桃花女鬥周公。

女魃衣青衣，所居之處皆天旱不雨。當年蚩尤作兵伐黃帝，得風伯雨師幫忙，縱大風雨，黃帝乃下天女叫魃，雨止，殺蚩尤。

還有黃蟻鬥聲如雷，終南山石人自哭，血雨降下，石人曰，「三七二十一，由字頭不出，腳踏八方地，果頭三屈律。」黃巢。

一千年之中的連續三次南朝，南宋，南明，南民。秦不養士，百萬虎狼散於江湖。狂狷之徒，儒以文亂法的論戰。閭巷之徒，俠以武犯禁的革命。觀世音大哭。從赤到綠，同性戀者無祖國。

故而在我最純潔篤信唯一真理的青少年時代，我竟沒有變成愛國主義？不論近似三島由紀夫及其楯之會同志那樣的民粹路線，或近似全共鬥學生激情如東京大學裡貼出的標語，「別阻止我們！母親，背後的銀杏正在哭泣。」每回，我皆與各種團體各種主張擦身而過。甚或因著我生來一副善於聆聽的佞臣面貌，每使對方誤會我已是當然會員故而欲置我為心腹的特加誨愛。但不必多久，何處就開始岔題了。我清楚感到對方的失望，我也真覺得太對不起，太不堪成材，遂在對方尚未顯露冷淡之色前，我忙忙就自己疏遠了。

永桔那時候也是。

特別是那幾年，所有人都拿起攝影機上山下海記錄現實時，永桔銜命去拍泰雅族。拍完他愛上一個叫阿貝的年輕人，便在花蓮山裡住了大半年。阿貝他們無法保留族名，應戶政需要隨便取個漢姓名。永桔放羊，爬檳榔樹，跟族人一起剝檳榔。他還跟阿貝祖母學會割苧麻，淬纖維，捻紗線，再用草木灰熱水煮沸把雜黃紗線漂成雪白。他也學會辨認染料如薯榔的肥根，九芎，高黍，茄冬樹皮，印色花，UNTSUM草，WAYAI TASH草。他甚至學會用水平背帶機將有色棉線夾織在麻線之間，織出一截紅、藍、黑條紋的布塊。他對阿貝好純情，至多就是喝醉了會一起抱著睡。

我們每每岔出主題。回顧來路，一逕岔去的歷程來到今天。我們的性向在當初，已把我們帶離了。

豈止無祖國。違規者，游移性，非社會化，叛教徒，我們恐怕也是無父祖。

所以是無父的社會嗎？費當說革命這個玩意兒是一種弒父？樊梨花殺兄弒父呢？哪吒剜肉還母剔骨還父？以上皆非。

死去的先人啊。

十八年前仲春潮悶之夜，我跟阿堯看完試片室的單車失竊記，我不回學校租舍，一起走路返他家。我們各窩單人木床上，他開著美軍電臺聽音樂，真是濕熱得想墮落的夜晚，我們決定下樓透透氣。後門出來，往中山北路走。無風，暗時裡來，暗時裡去，貓的情事，街道真暗。突然掃下暴風雨，打得沒處逃，我們衝進騎樓下，見軍車一列列朝圓山方向開。暴雨來得蹊蹺，我們豎起一陣雞皮疙瘩。次日才知，是偉人駕崩，肉類公會發佈，禁屠三天。

妹妹在臂上別了黑布，三臺一整月只映黑白色。我回家裡，村子口散聚著人，廖哥見到我就上前來一把抱住，抱得我淚也快出。我滯留這夥同伴中，有些人回家呆呆，仍又出來聚集。雖然幾年前我首度親見偉人，小如鹽粒揮搖的白手套，含混的聲音，偉人原來也是人。但那些絢爛的和平鴿跟汽球，上萬個男孩女孩同時擠在一個廣場上，解散時好像大退潮，一隊一隊散漫撤離，湧入廣場四周巷道裡。到處是女孩們的縐紋紙花冠，花浪，不捨得散，滿街挨蹭，流徙。阿堯從別班隊伍裡跑來找我，拉我去追蹤一名像透了詹姆斯狄恩的男孩，說是附中的。我跟住他儘走，心猿意馬跟跟就散了，碰上蜿蜒大半條馬路的哪個學校女生，麻姑獻壽般一律飄散桃紅衣裙提著花籃朝廣場去。我委實著迷，尾隨麻姑們走。可迎面來的人多似江鯽，我等於是逆潮水而行，見每張臉都像在看著我真會把我看殺，遂慌忙遁離。無目的往前走，太不甘心這樣就算結束了嗎。路邊插的旗幟越來越少了，人亦逐漸稀朗，走得夠遠了，還聽見背後廣場上的音樂，如散場後的馬戲團，如冬天沒有人玩的遊樂場，每次必叫我一直，一直頹靡下去，完蛋了。所以偶有三兩個持紙花冠的女生出現在眼前，我竟感涕莫名好想上去打招呼，彷彿看到跟我一樣於退潮時來不及走而被擱淺在沙灘上的同伴們。

我因此悲憾，村子口的我們這些人！早已玩不在一起且都各奔前程的，村子也要改建國宅了有幾戶已遷出的，由於偉人之死就又紛紛被一股情緒驅策回來的，濡濡沫，偎偎暖。也許是最後一夜的大膽裸裎，因為明天真是不同了。

一整月，村子便這樣集體進入催眠。暫忘今夕是何夕，經由電視反覆播放的偉人生平行宜，及周邊各類紀念活動，節目，訪談，大家全部睡進了回憶。偉人的，每人自己的，重疊分不清的，和著那幾條快唱爛的頌詩愛國歌曲說了一遍又一遍，成為吾輩一村人的原鄉告別式。

神話，與遺忘。

連續性，與破壞這種連續性。

將來現在過去一樣的，與記憶之錯失的。

而我已目睹，活人依照他們的尋求來解釋死人，死人繼續在活人裡面發生變化。死人死了，但死人會在活人的每一次定義改變中又再活一次。

我試圖用這個冥想來解決我的死生大疑。只不過是，這樣的死人，必得先是一個偉人哩。如我之輩，能有什麼了不起的定義供活人再三增修？我族類的定義一言可蔽之，假如墓碑上有字的話，它會這麼寫——逐色之徒，色衰之前他就已經死去。

不錯，逐色之徒。三島由紀夫寫完了他最後一部小說天人五衰，貌、言、視、聽、思，五衰，預示其死亡紀事。然後偕其同志們赴自衛隊駐紮地市谷，呼籲自衛隊覺醒以武士道的行動力改造社會文化，然後切腹自殺。他是我們當中偉大的烈士，殉色者。

以及最典範的早夭者，尼金斯基。他那驚動四方的越步，與空中停身，傑說，他下降時更緩緩慢於他上升時。

他在牧神的午后裡跟著德布西音樂做節奏性搖動，隨之，停格於所持姿態，栩栩如古希臘浮雕。為達此目的，他一反古典法則，要舞者屈膝把腳平踏在後跟上而舞，他要舞者側臉但身體仍向觀眾，且手臂以各種不同角度固定彎曲著。此舞一出，謗聲四起。與首演當日引起暴動的春之祭禮，二舞成絕響。唯存遺音，供後世舞者一再搬演，翻案。

他公開演出跳不到十年，二十九歲即精神病發，在病院裡活到六十一歲！當時才跟他結婚五年的妻子，悲傷憶述，他是漸漸被一股無形不可思議的力量帶走，遠離他的藝術，生活，和她。她十分慌張向這股可怖力量搏鬥，不明所以，無法解釋。她的丈夫依然體恤，大度，可愛如昔，然而他已是一個不同的人。

我因此後來，並不想再知道傑的任何消息，就像我的世界版圖裡獨遺那塊灰黃大陸。

許多年之後永桔邀我去看公演。我平靜無瀾看著舞臺上的傑舞踏，完全看懂了傑的，沒有一點神祕或難解。業障揭除，我甚至看出，做為舞者，當他最信任的強有力的身體不再如他所期望能夠動作時，他便死去了。

舞者他對著鏡子不斷不斷跳，動作是騙不了人的。日積月累，他終會信奉他的身體。他是用身體書寫向世界表達，故而體能之死，無異令他緘默如啞口的鮭魚。他較之一般人種，的的確確要經歷兩次死亡。

物傷其類，我掉下眼淚。

永桔安慰我說，他可以編舞呀。

我仍然悵嘆，將來有一天，他不能直接用自己的身體表達了！他本來是他自己的一個創造物，展現，展現。展現即存在，展現即自足。他是舞者，他也是編舞者。但很快有一天他的身體先死了，餘下他的意念和技藝然後經由別人之身來言傳，他只能做為編舞者了。他只有接受，並適應，這個位份跟命運。用他對我說過的話說，「你必須習慣這一切。」

是的他將經歷我所經歷過的一切。

他師父的師父跳到七十六歲，跳那位特洛伊皇后，年老的海克芭看著她所愛之人一個個於眼前死去的意象，如此告別了舞臺。這是幸運的，也是，不幸的。

因為若我活得夠老到那把年紀，我愛的所有人大概也都不在了。比方十月開始，費里尼即陷入昏迷不醒。前兩個月他在瑞米尼心臟病突發，出院後半邊痲痺，這次再度住院，茱麗葉塔每天到醫院陪他，但他已沒有知覺。今天報載，茱麗葉塔勞累過度病倒了。

去年是薩耶吉雷死，今年小津逝世三十年。我近來才了悟，所謂一代人，就是少年玩伴，婚禮上的伴娘伴郎總招待鬧洞房，以及辦後事時的治喪委員會。我若活得夠久，久到最終只剩下我一名治喪委員，我成了希臘神話裡盲眼的泰瑞西斯。

泰，神話中唯一當過男性和女性的人。

由於宙斯夫婦辯論男女高潮，究竟是哪一方的快感更強烈——他們互相認為對方的快感肯定比己方多，這意味，快感多的對方因而就必須在其它方面補償，讓步，總之快感多的一方亦即欠債多。他們誰都不要擔這筆債，所以來請泰評判。泰很老實說，女的快感度約是男的九倍十倍多。希拉聞言大怒，當下弄瞎了泰。宙斯便賜予泰兩件東西，長壽，和預言能力。泰成了底比斯的先知。

先知無眠啊，他跟老人一樣三更半夜就起床，人子沒有棲身之地。他只是活得夠久，眼看曾經發生過的將又再發生，他忍不住講出他知道的，自然，不會有人聽。曠野之聲，語言是咬不痛的。於是他儘講，儘講，終至太囉嗦了而被滅口。否則，他便得啞口無言，在那個目擊者都死光了的世代裡，獨自一人，寂寞以終。

長壽若是為了相愛，其中一個先死的話，永桔說他的下巴較削較尖會比我先死，那麼另外一個呢？

我想了好久，有一天吃飯時對永桔說，的確，我的心臟比你強得多，我將比你晚死。所以我會深深凝視，記下，你全部的死亡過程，一瞬都不放過。然後，就像大荒東經告訴我的，東海之外有大壑焉，實惟無底之谷，其下無底，名曰歸墟。我將居於那大壑之崖，目睹多少人物跟世代從我旁邊經過走入大壑不返，我亦日漸乾枯變成一具執筆蹲踞在那兒的木乃伊，而依然，書寫不休。

永桔你看見了，這就是我最後時的光景，直到我也風化為一塊石頭。

死去的阿堯，昏迷前信了主，也領受了祝禱。我趕至福生病院，媽媽見到我便歡欣鼓舞通報。我說太好了，太好了。然我與阿堯皆知，這於死者是無謂的，於生者可慰，那麼就信吧。他對媽媽，畢竟，鬆口了。

15

是的神話，與遺忘。

我搭朝聖團來到菩提迦耶，釋迦成道處。老菩提樹撐開面積廣大的枝篷，和那樹底下的金剛寶座，怎麼看都像本島鄉鎮間常見的大榕樹土地公廟及其所聚集來的生態景觀，一地菩提子還是榕樹子？踩得汁爛。這裡一座正覺大塔，十一世紀回教入侵時，佛教徒以土掩埋之，日後是據玄奘的大唐西域記把它找出來。成道處外面有空地廣場，滿佈三輪車跟窮人，

我無目的來印度，只為永桔離開我太久的日子，我已度過一半，卻還有一個寒假和舊曆年，我恐怕會挨不過而寂寞死去。我在電話錄音裡告知我去印度了，幾號回來，平淡音訊留給若是打電話回來的永桔知道。我錄了多次，如何遣詞用句皆覺一股子遺言味。我彷彿將軀殼留置屋裡，魂魄出竅尋找也許根本已不在世上了的永桔。

如此我來到印度，莫若是來到我內心的一片沙劫寂地。我走得越遠，越離開我身處的社會，彷彿我就越跟永桔接近些。

所以我目睹，那個深夜，釋迦從他熟睡的妻兒身邊起來。他凝視月光底下妻兒的臉，這臉，果然是自上次出城以來至今好久了他一直在思索的，眾生之臉。他越來越深陷愛上這集體的，全面的，符號的，眾生。然而眾生，成，住，壞，空，眾生是一部毀滅史。能趨疲，ENTROPY，熵。數千年後史陀說，人類學可以改成為熵類學，一種探究最高層次解體過程的學問。釋迦，他為了那符號的眾生已不可自拔，他要訣別這月光下的妻兒遠走了。

我看見他走出寢宮叫醒御者車匿，牽出白馬犍陟，越城而出。他脫下華服佩飾，令車匿帶回還給父皇，逕往雪山直去。

現在雪山，就在地平線那裡。沒有稜角的山嶺，兩弧峰垛。

雪山之水，尼連禪河，眼前僅剩沙漠，餘里寬。對岸有村子，浪綠麥田，樹林，檳榔。我橫渡乾沙，居民頭頂籃筐同行，烈日下沙子像摻滿金粉。漠中央淺淺一窪水有人漂衣服，漂完晾地上，曝白沙漠幾點紅，來時濕的，回程已乾。朝聖團由其團主帶領在沙岸旁做大日如來，對日觀想，汲取太陽能為己能，做畢，團主一一給予灌頂。此團一路行來，不停灌頂。

我看見雪山六年，釋迦骨銷形散一如愛滋患者。他毫無所得，棄叛苦修下山來了。他踽踽獨行，走到河邊昏死於地。

我閱讀記載，絕食儀式之後，那人展開十天的苦行。

文字向我陳述，絕食第四天，他一度昏迷不省。第五天，滿窗旭日中他醒來，嘔吐停止，漸有了聽覺視覺。第六天，他聽到祈禱場上的早禱，試跟著背禱歌，自己的聲音，聽見了。自己的身體，知覺了。他的思維，像亂繭裡找到最初的一根線，裊裊的，絲絲縷縷，從腦子裡纅出。往事，如船在浩渺大海中慢慢盪出來，初時一小點，隨後，見到了白色帆檣，見到了纜索，見到了帆檣上的破洞，水手的眉毛。船迎面駛過，迤邐著波瀾，朝遠海去，漸漸，漸漸，漸漸，泯滅無痕。一種悲喜，難說。

第七天，他晨起走下繩床，步到小几旁趺坐，取書本讀了十幾頁，晚上睡得沉。第八天，他試把房門打開，走十步八步。此刻心境，充實圓滿。第十一天凌晨，甘地為他舉行了進餐儀式，將一杯葡萄汁和橙汁親自遞給他喝，言道，苦行已屆，進食了。

我目睹，就在這裡，我所站立之處，村中牧羊女扶起釋迦，餵以乳糜。釋迦漸甦醒來，恢復了體力。他感謝牧羊女說，一切有情，依食而住。

是的是的，所謂眾生，以食為天。釋迦遂渡尼連禪河，進城，坐菩提樹下，悟得了他的宇宙最後方程式。

我爬上村中矮矮的山坡頂，牛鈴叮噹，一隻一隻白牛經過我身邊。昨天我走恒河平原，馬路直通天際線，車行五小時遇第一個轉彎，半小時後第二個彎，到了這裡。樹是勃勒，田是麥苗，油菜黃花，和出花的高粱大片紫煙。黑沃土壤，白牛成行，凡空地處就都是人。

無城之國。在印度，我感覺不到城，只感到地面上聚集著一些房舍，或這些房舍只是一片沙塵。塵上鋪一塊毯子，當中坐的人，前額塗香灰，眉間點硃誌，文明世界一切，盡在於此。

因而印度，甚至沒有古物，遺蹟，沒有人所造出的建築物，或物質的宇宙。到處，到處所見，只有人類。

知道嗎，數千年前的種姓制度，曾試圖把人口分門別類使之可以生存，把量變質的，予以解決。

史陀悲憫道，素食，乃印度的偉大實驗的失敗！為了防止社會群體和動物種屬互相侵犯，為了保證每一群人，每一物種有其特殊之自由，方法是，強迫各個放棄享受與其它相衝突之自由。

那麼釋迦，就從否定之否定，否定存在之後，開始，是嗎？

印度是平原裡的焚熱塵土，高原上的清涼星空。最聽天由命的卑賤，和天馬行空的幻想。有其俗麗迷爛的欲界，故有其相反的寂寞之鄉。泰戈爾創辦了森林大學，印度最後的寂寞之鄉。

而我來到印度，是佛教早已無蹤的印度。釋迦身後千餘年，阿拉伯人入侵，僧人併入婆羅門教，越五百年，佛教便從印度消失了。

我在瓦拉那西，清晨大霧渡恒河。我買了兩捲菩提葉包住的金盞花，葉有一星星蠟油，點燃了火苗放在水上飄走。霧裡火苗，一朵朵離了船，散開，倏起即滅，剩下亮黃艷色的花。

朝聖團起得來早的人也坐了一船，團主連日幫人灌頂，體氣甚弱所以暈船了。他身邊兩位姸眺女弟子，太空戰士般穿著羽絨夾克，油脂緊身褲下面套著高筒球鞋，左右護法保駕他。朝聖團每事問卜，遇廟必求，且團主喝餘之水也要爭取來儲於己壺中，我羨慕他們是如此俗世裡的肯定者。他們雲遊異域靈區，卻比他們所屬社會裡的任何人都更是中堅份子，現實擁護者。

啊遍地神像的印度教聖城瓦拉那西，我已在薩耶吉雷電影中看見過。那橫亙長岸的岩黃聖階浸入聖河，站在水裡沐聖的人，跟棚架上蹲滿的烏鴉，跟浴畢在岸邊一塊塊鋪毯上的誦經人。整個聖階是座火葬場，對岸沙地無屋只有日出。

那些胚布密裹的香油屍身，女是橙紅桃紅，男是白，孩童黃，擔來聖河泡淨，之後於岸邊架起柴草焚燒。十步五步一攤，幾名親族聚守火堆燒成燼，日以繼夜，煜煜曈曈，毗連成市。在此火葬，費用付給一個名叫倫吉特的家族，世襲制，不干政府事。城中，沿岸，林立紅磚樓房是謂待死客棧，隔間為無數個小窟窿，住著迢迢來此的待死者及其親人。

我看見，聖河恒河，生者到這裡沐浴淨身，死者滌魂昇天。這裡的神並非象徵呢，是真正的有神？神真正的住在這裡？霧河漂流著火苗和花，像諸多陰魂，諸多生靈，有色有相，如此色相具實的生死場。

我目睹，裝著阿堯的盒子給送進爐裡厚重鐵門關上時，媽媽肩膀抽動了起來。我一陣熱血上沖，心還是驚。

我們登上二樓一間榻榻米喝茶，靜待阿堯燒成灰。

齋場一樓，光鑑大理石廳，水晶燈，很像飯店進門處。兩座焚化爐，見是壁上的兩扇黑錚錚門有著黃爍銅把子。

都是媽媽教會裡的人，姊妹們圍簇著媽媽坐，輕鬆笑談。男丁三五名，一名是媽媽生母那邊的侄子，此外無親屬。媽媽從小過繼給他姨母，姨父入贅。那年回日本，因家中男人皆死，她照顧姨母，不久生母也搬回來老屋住。老姊妹倆患老年癡呆症，有時把大便抹在牆上，或走失到鄰村跌落溝邊。媽媽繼承了老屋，老母親們死後，賣掉老屋，換到現在的核家庭式小洋房。我變成媽媽家的代表，送阿堯火焚。

媽媽幾次哭，永遠是摺疊整齊的手帕在右邊眼睛按按，左邊眼睛按按，至多三回，就止了淚。她穿墨色和服，淚也像能樂舞臺上的，是個手勢，舞蹈，象徵。

我困惑於媽媽安詳之臉。一如嘉寶垂目的四分之三傾斜的臉，總令費里尼一代人在望見這樣一張臉時，不由得不想到最後審判。

二十分鐘罷，我們下樓。

當日瓦拉那西公營火葬場是一處大平臺，在上面搭起柴架燒，燒個五、六小時畢，骸燼用竹帚攏進畚箕倒到河裡，殘餘連渣連灰一併掃掃都入河去。為了衛生與觀瞻，政府免費提供電動火化爐服務，無印度人問津。

我們下樓敬候爐前，門啟開，爐仍通紅。盒子拉出來，燒成灰的阿堯隱約排成一直行，就像一根平放在地上燃盡的線香，一行灰，比我所想的要少得多，少很多。

我不會忘記，醫護人員進來掀開阿堯被單時，我看見他已死的，被愛滋噬光了的裸骸，什麼都不剩。唯有，兩個大膝蓋骨，和贅贅如壘的陽器。那陽器一大包，是裸骸上唯一僅有的肉物，故而顯得朋碩無比令人詫異極了。

潔整的葬儀人撥掃骨灰到鋼亮方盆中，鑷起一隻戒指狀骨環向我們告示，是喉部這個位置的骨頭。其形，倒真像一人盤腿在那裡打坐。

我們倆倆成組，用長筷合撿一骨入筒。

封好，圓筒裝進方木盒，再蒙上雪白繫著紋結流蘇穗的厚紙套，結束，葬儀人朝骨盒微掀帽簷致禮。

盒交由我捧著，回到了福生家。

九十一劫，三劫有佛，餘劫皆無有佛，甚可憐愍。所以佛世難值，如優曇波羅花樹花，時時一有，其人不見。

我送焚了阿堯。這只是開始的，第一個。

日影飛去，我將送焚了一個又一個。好比今天報紙說，費里尼死了。十月的最末一天，臺北，秋晴。

我暫歇歇筆，為一佛之逝，出門走走。

看呀沙暴天空下，都在競築摩天城，吾等不見太陽久矣。那沌灰的半空中開過去四節藍白車廂，我跟永桔指其約誓，將來此車正式營運時，我們必得牢記，互相提醒，千萬莫搭以免燒死。

時間是不可逆的，生命是不可逆的，然則書寫的時候，一切不可逆者皆可逆。

因此書寫，仍然在繼續中。

附錄

奢靡的實踐

一九九四年《荒人手記》獲時報文學百萬小說獎首獎，本文為當時朱天文於頒獎典禮發表的獲獎感言。

非常，非常感謝人間副刊為這個長篇小說獎爭取到的一百萬獎金。

它真是好大一筆錢，大到使我過去三年隱於市塵的生活，看起來不至於是個秀逗。而且大到可以支撐我未來三年暫無生計之憂的，放膽去進行另一場蔓雜無效率的寫作探險。

九一年二月，交出《戲夢人生》分場劇本之後，我開始下決心寫長篇。所謂下決心，就是根本不要考慮發表、刊載這件事了。換言之，寫長篇的命運不過只是自己寫給自己看，或再多一點，像昔日曹氏的手抄本在朋友親戚之間傳閱罷了。寫長篇，僅僅是為了自我證明存活在現今這個世界並非一場虛妄，否則，我不知道是否還有存活下去的理由和勇氣。（何等無聊的證明，何等奢靡的實踐。）

本來在寫的是「日神的後裔」，寫了五萬字作廢。九二年十月改寫目前這部小說，原題叫「寂寞之鄉」，後來改成「航向色情烏托邦」，完稿投寄前才定名為現在的「荒人手記」。

隱居寫長篇的這段期間，由於我的妹妹朱天心跟她先生參加了當時朱高正的社民黨，每個星期三下午去青島東路開會，因此都是我坐公車去接幼稚園的盟盟，那是我極有限跨出家門的機會之一。以及，那年年底幫朱高正、林正杰的競選立法委員站過臺。一介布衣，日日目睹以李氏為中心的政商經濟結構於焉完成，幾年之內臺灣貧富差距急驟惡化，當權為一人修憲令舉國法政學者瞠目結舌，而最大反對黨基於各種情結、迷思，遂自廢武功的毫無辦法盡監督之責上演著千百荒唐鬧劇。身為小民，除了閉門寫長篇還能做什麼呢？

結果寫長篇，變成了對現狀難以忍受的脫逃。放棄溝通也好，拒絕勢之所趨也好，這樣的人，在這部小說中以一名男同性戀者出現，但更多時候，他可能更多屬於一種人類——荒人。

我亦感謝我的父母家人（也是我的師友、同業），對如此一名荒人的諒解、支持。有好長一段日子，他們唯恐我只寫電影劇本不寫小說了，不時小心婉轉的探問一聲：「要開始寫小說了嗎？」

廢墟裡的新天使

一九九九年《荒人手記》英譯本在美國出版，本文為朱天文於紐約新書發表會的講稿。

今天在這裡講話，讓我想到布萊希特（Bertolt Brecht）曾說過：「不要從舊的好東西著手，要從新的壞東西著手。」

什麼是舊的好東西呢？

去年我的父親，小說家朱西甯先生去世，今年一週年紀念的時候，我寫了一篇文章〈揮別的手勢〉，回想我與父親之間到底是怎麼樣的？結尾我說，我們父女一場，好像男人與男人間的交情。男人的交情，這句話來自米蘭・昆德拉（Milan Kundera）的新作《身分》（Identity），書裡的女主角香黛兒跟她丈夫辯論：「我的意思是說，友誼，是男人才會面臨的問題。男人的浪漫精神表現在這裡，我們女人不是。」然後香黛兒他們展開一段關於友誼的辯論。

友誼是怎麼產生的？當然是為了對抗敵人而彼此結盟，若沒有這樣的結盟，男人面對敵人時將孤立無援。友誼的發源，可以推溯到遠古年代，男人出外打獵，互相援結。現代男人是不打獵了，但打獵的集體記憶以其他變貌出現，看球賽，呼乾啦，尋歡作樂一齊瞞老婆。於是從結盟衍生出來契約關係，秩序，文化結構，男人接受社會「馴化」的程度，比女人更久、更深，更內化為男人的一部分。女人馴化程度淺，所以大家公認是女人的直覺強，元氣足。千禧年來臨，「女性論述」大行其道，準備要顛覆男人數千年的典章制度，其勢可謂洶洶。

然而，我如果有嚮往，男人間的友誼會是我嚮往的。它不是兄弟情誼（brotherhood），它比兄弟情誼昇華一些。它是綜合著男人最好的質感部分，放進時間之爐裡燃燒到白熱化時的焰青光輝，如果能找到一句現成的話形容，它是「君子之交淡如水」。當然它也是「朋友十年不見，聞流言不信」。這兩個，都要有強大的信念和價值觀做底，否則不足以支撐。那樣的底，我一點也不想要去顛覆它。它們是我的舊的好東西，我的老本，我的底。

但是什麼時候開始的呢，假如從作品的結果來看，也許一九九〇年結集出版的《世紀末的華麗》，我的那些舊的好東西，顯然碰到了大風暴。至一九九四年出版的《荒人手記》，似乎更變本加厲起來。對此，我無以名之，直到前年我讀到王德威給朱天心的新書寫序論，裡面寫說在歷史的進程裡，朱天心與她的老靈魂「正如班雅明（Walter Benjamin）的天使一樣，是以背向，而非面向，未來。她們實在是臉朝過去，被名為『進步』的風暴吹得一步一步『退』向未來。」當下我心裡叫好，一邊在想，這位班雅明是誰，要把他的東西找出來看。

是的，班雅明。關於他的故事，大家比我更早都知道了。他筆下的「新天使」，是表現主義畫家保羅．克利（Paul Klee）的一幅小畫，他買下來，即使在他逃離納粹統治，流亡法國的時候，也一直帶著它，甚至曾計劃辦一份雜誌叫做新天使。新天使是這樣的：眼睛注視著，嘴巴張開著，翅膀伸展著，他的臉朝向過去，看到災難，災難把殘骸一個壓一個堆起來，猛摔在他腳前。新天使好想停下來，喚醒死者，將打碎的東西變成一個整體。但風暴從天上颳下，把他推往他背對的未來。他面前的碎片越積越大，高入雲霄。

班雅明的第一部重要著作《德國悲劇的起源》（The Origin of German Tragic Drama），議論的是德國十七世紀巴洛克時期的悲劇，心裡想的卻是二十世紀他所處時代的現狀。巴洛克戲劇的圖像是碎片和廢墟，相對於十八世紀古典戲劇的明確、穩定、協調統一，巴洛克戲劇是混亂和頹敗，零散不連續的。班雅明借十七世紀講二十世紀、開創了他著名的「寓言式批評」。他認為這個世界並非一個理所當然的既定世界，它展示出來的，毋寧是一個寓言（allegory），正如猶太教法典的教訓說，「聖經的每一段話都有四十九層意義」，世界的每一件事物，也至少都有四十九層意義。

拙作《世紀末的華麗》，借的是上個世紀末奧地利的畫家克林姆（Gustav Klimt）的畫。當時的首善之都維也納，是什麼光景呢？我認為，米蘭．昆德拉在他的小說《不朽》（Immortality）裡做了最好的描述。他說：「羞恥心和忝不知恥在勢均力敵的地方相交，這時色情處在異常緊張的時刻，維也納在世紀的轉換期經歷了這一刻。這一刻一去不再復返。魯本斯屬於這個養成羞恥心的環境中長大的最後一代歐洲人……」羞恥心如果是舊的好東西，忝不知恥就是新的壞東西。我從忝不知恥著手，寫出來這本《荒人手記》。我反省我這一代在臺灣長大的人，我們屬於這個養成羞恥心的環境中長大的最後一代臺灣人。羞恥心和忝不知恥在勢均力敵的地方相交。這時色情處在異常緊張的時刻。臺北在世紀的轉換期，經歷了這一刻。

記得五、六年前大陸轟動一時的小說《廢都》，一般評論說是頹廢之都，唯鍾阿城則揣摩賈平凹的意思應該是，殘廢之都。阿城說：「中文裡的頹廢，是先要有物質和文化的底子，在這底子上沉溺，養成敏感乃至大廢不起，精緻到欲語無言，賞心悅目把玩終日卻涕泗忽至。《紅樓夢》的頹廢就是由此發展起來的，最後落了個白白茫茫大地真乾淨，可見原來並非是白白茫茫大地。」而殘廢之都裡，無物可頹，見到的倒是一片饑渴，性饑渴，食饑渴（省府裡的大文人莊之蝶的菜肉採買單像部隊辦伙食）。《廢都》不諱言模仿《金瓶梅》，不過他露了個底——饑漢子不知飽漢子飽的底。

飽漢子飽的色情，川端康成的《睡美女》是個極致。書中描述古代京都的貴族，夜觀美女服了安眠藥裸體睡著，貴族們只能靜臥同一張床上，而絕不能觸碰的，淫觀美女睡姿，卻連試也不試，此中最大的愉悅，恰恰就都在這裡了。

飽漢子飽的色情，假如《荒人手記》勉強能攀附上班雅明所謂的寓言，假如荒人的身份——同性戀的角色——是個隱喻，那麼它的四十九層意義裡的一個意義也許可以是，它暗示著一個文明若已發展到都不要生殖後代了，色情昇華到色情本身即目的，於是生殖的驅力全部拋擲在色情的消費上，追逐一切感官的強度，以及精緻敏銳的細節，色授魂予，終至大廢不起。在小說裡，荒人迷惑發出了疑問，這是不是「同性戀化了的文明」呢？

進步的風暴颳來，舊的好東西已瓦解為廢墟，新天使試圖記錄這一刻，色情處在異常緊張的時刻。瞬間，這一刻已一去不再復返。

來自遠方的眼光

一九九九年《荒人手記》英譯本出版時，朱天文於美國科羅拉多大學東亞系的講稿。

這次會來到這個地方，跟大家坐在這裡講話，對我來說是一件不可思議的事。若不是《荒人手記》譯成英文出版，目前的這一切都是沒有可能的。

所謂不可思議，有兩點。第一，我一直以為，創作者與其「說」，不如「寫」。因為一個創作者，他所說的，絕對不會比他所做的更多，更好，絕對不會。他的精華，他的最好的部分，都在作品裡，除此以外，沒有了。中國人有句話說，天何言哉，天是最偉大的創作者，但天並不說任何話。總而言之，我認為創作者應當少說多做，而且最好是閉嘴。但是，你們看，我現在正在這裡滔滔不絕。

不可思議的第二點是，各位朋友你們坐在這裡，願意跟一個臺灣來的人對話。假如在臺灣的前面不加上一些形容詞，好比「在中國陰影下的」臺灣，也許，臺灣對各位來說也是模糊沒有意義的。照我個人淺薄的理解來看，各位當然是基於研究工作上的需要而聚集在這裡。我想像中的各位，既嫻熟於後殖民論述，也配備「去中心化」的思想，對異文化又抱持好奇心跟熱情，才會聚集在這裡對話。因此根據我想像中的你們，我把我這個講話者設定在某個座標上，或者說，我把我自己當成一種眼光，一種異文化的眼光。這眼光既被你們所注視，也注視你們，加起來，也許就是此時此刻我們共聚一堂的所在的處境。

異文化的眼光，來自遠方的眼光，人類學家李維史陀（Claude Lévi-Strauss）有一本書叫 The View from Afar——從遠方來看。李維史陀曾經說，人類學者對自己所屬社會的態度，他不是內部的一個成員，而是置身於社會之外的一個觀察者，無論時間上還是空間上，他都是從遠處來看他所屬的社會。

在這裡，我稍微岔題一下。去年十一月，一部由我改編，侯孝賢導演的電影《海上花》在巴黎上演，其實是一部曲高和寡的電影，在巴黎卻大爆冷門，到現在已有二十萬人次的票房，還在上演，被選為去年度法國十大賣座影片之一。《解放報》（Liberation）訪問侯孝賢時提出一個問題：「我們法國人說，戲劇性（action）並非你影片的中心，反而是給放在影片的背後，周邊。銀幕上呈現出來的，永遠是發生在戲劇性之前的，和之後的。請問這是不是中國人特殊的看事情的方法？」

侯孝賢回答說：「是的，戲劇性不是我感興趣的，我的注意力總是不由自主的被其他東西吸引去。我喜歡的是時間與空間在當下的痕跡，而人在其中活動。我花很大的力氣在追索這個痕跡，在捕捉人的姿態和神采，對我而言，這是影片最重要的部分。至於戲劇性的隱藏或沒有，是否表示中國人特殊的看事情的方法，我其實並不自覺。我曾跟編劇朱天文談起這點，她說貴國的人類學家李維史陀有本書叫 The View from Afar，這個 view，如果很遠，更遠，再遠，遠到是在地球之外看地球的時候，看到的影像是什麼呢？若以此比喻，也許中國人偏愛遠觀，他不是那麼逼近的剖視人生，所以他也一向不看見戲劇性。」

侯孝賢曾說，拍電影是取片斷。好比一匹布放進生活的染缸裡浸染透了，拿出來截取一段裁衣，部分人是截取戲劇性的一段，部分人呢，截取不是戲劇性的一段。而侯孝賢總是，截取不是戲劇性一段的那一部分人。

截取片斷，不論是生活的片斷、歷史的片斷、文本的片斷，我們都是在截取我們所看見的那一部分，或者說，截取我們「想要」看見的那一部分。

我們生活在眾人的眼光，和我們自己的眼光之中，經年累月，已經習以為常，習焉不察。這眼光包圍著我們，讓我們以為，我們看見的，就是世界，就是事實的全部。當這包圍著我們的眼光內化為我們身體的一部分時，我們會變成，我們「想要」看見的東西，我們才看得見；而我們「不想要」看見的東西，我們就果然也看不見了。

那麼這時候，創作者的出現，似乎就有其必要。創作者是做什麼呢？創作者是一群帶有異樣眼光的人。他看見了某些東西，把它截取出來，呈現在我們前面。他是把我們習以為常的眼前熟悉事物，予以「陌生化」（alienate）的一種人。

是的，陌生化。

陌生化提供了不同的眼光，不同看世界的方式。陌生化不一定是新奇，令人感到愉快的。它可能很危險，如同班雅明描述他自己的文章：「像路邊的武裝強盜，發動一場攻擊，解放了被定罪的懶散者，事物的事實性從一種囚禁中釋放出來。」所謂囚禁，是指包圍著我們的習焉不察的眼光，陌生化刺穿了包圍，把我們這些懶散者照射得睜不開眼睛。

此處容我再岔題一下，有本談繪畫的書叫《觀看的方式》（Ways of Seeing）。一九七二年，伯格（John Berger）根據他為BBC製作的同名稱的影集寫成此書，是七〇年代藝術社會學的一個里程碑。書裡講到歐洲的裸體畫。

裸體畫的開始是描繪亞當與夏娃。中世紀時，這個故事用一景接著一景連環圖的形式出現。文藝復興時期，敘述的順序消失了，而把這個赤身裸體描繪成羞恥的片刻。待繪畫變得更世俗以後，其他主題也紛紛出現供裸體畫之用。但是，差不多所有裸體畫都有一個共同點，即某個女人，在被某個觀賞者所看。她並非像她在畫面裡的那個樣子赤裸著，她之所以赤裸，是因為有一位觀賞者在看她。此觀賞者，通常，是被假設為男人。歷史上很長一段時期是，男人行動，女人出現。男人注視女人，而女人注意自己被男人注視。這不但決定了大部分的男女關係，也決定了女人與自己的關係。女人自身內部的觀察眼光是男性，而被觀察的是女性自己。女人把自己變成一個物件（object），一種景觀（sight）。

我們知道，一個赤裸的身體（nakedness），必須被當成物件，用來展示，才會變成一幅裸體（nudity）。裸體畫其實從來沒有赤裸過，它是另外一種形式的穿著，它穿著觀賞者的眼光。柏格指出，值得我們注意的是，其他非歐洲的傳統，印度、波斯、非洲、哥倫布以前的美洲，赤裸，從不以裸體畫的這種方式仰臥。那些傳統裡，如果作品的主題是性吸引力，通常就表現為兩人之間主動的性愛，女人和男人同樣主動，是彼此吸引的動作——「我們都有千手千腳，從不獨行。」

然而我們看，幾乎所有後文藝復興時期（post-Renaissance）歐洲的性想像，都採取面向觀眾的姿勢，因為性愛的主角是正在看的觀賞者，也是擁有者。這位主角，這位觀賞者擁有者，從未被畫進畫裡。這樣的裸體畫，在十九世紀學院藝術中到達顛峰。伯格說，成千上萬的裸體畫所形成的傳統中，大概只有一百張左右例外。這些例外是，畫裡赤裸著的女人，被人所深愛著。畫家對他所愛的女人的觀點是如此強烈，以致根本不容許有觀賞者存在。畫家的觀點結合了他跟畫中的女人，畫變成了他們兩人的海誓山盟，畫家把女人和女人的意志畫入形象之中，畫入女人身體和臉部的表情上。觀賞者站在畫前面，他只能見證，見證這幅海誓山盟。觀賞者被迫認知自己是個局外人，他不能欺騙自己畫裡的女人為他赤裸。總之，觀賞者不能把她變成一幅裸體畫。當然，來到現代藝術中，裸體畫變得不再重要，藝術家開始質疑，那是另一個故事了。大家不妨比較一下，十九世紀中葉的播下印象派種子的馬奈（Manet），他畫的奧林匹亞（Olympia）裡的裸體女人，跟十六世紀提香（Tiziano）的《烏畢諾的維納斯》（The Venus of Urbino），兩位裸女的不同。

所以呢，看的方式，ways of seeing，從歐洲繪畫史來考察，也經歷了好幾次的變革。讓我們來復習一下這段變革。譬如透視（perspective），是把西方藝術的特點，技術上用遠近法、明暗法，在文藝復興時代初期確立。透視把我們的眼睛變成這個可見世界的中心，所有事物都收納於我們的眼睛，我們的眼睛是所有時空的消盡點。可見世界因觀察者而分佈，就像宇宙被當成是上帝在分佈。對透視傳統來說，沒有什麼視覺的交互關係。上帝不必以其他人定位自己，他自己本身就是定位（situation）。透視有一個矛盾是，可見世界既然由這個觀察者所結構出來，但是，這位觀察者可不像上帝，他一次只能在一個地方。他是非此即彼（either/or），他不能既此且彼（and/and）。

後來照相機出現了。它把事物的瞬間凝固在那裡，我們所看見的是當時我們所在之處。以前，形象是延續的，永恆的；現在，形象是「此曾在」。我們很難再認定，所有事物都是收納於人類的眼睛之中。我們的眼睛，不再是無限時空的消盡點。照相機告訴我們，並沒有所謂中心。

印象派繪畫呢（Impressionism），如同大家知道的，是現代繪畫的始祖，是文藝復興以後西洋繪畫的終點，也是新繪畫的起點。這時候，世界不是為了被看見而展現在我們面前，相反的，世界不斷的變幻，稍縱即逝，是無常的。於是立體派繪畫（Cubism）接踵而來。世界不再是單一眼睛所看見的，卻是從被描繪物件的周圍各點所可能看到的樣貌的總和。塞尚是現代繪畫之父，塞尚把物體從各個不同的正面去看，然後把它們畫在同一個畫面裡。他不是畫出觀賞者進入畫裡面去的深度，而是畫出物和人紛紛向著觀賞者走出來的感覺，如此觀賞者的目光就被分散吸引到畫中各個不同的物體上去了。

大家看，光是看，方式就有這麼多種。而柏格說，「我們只看到我們看見的」，所以往往是，我們以為都看見了，但其實我們看見的是多麼片面，多麼自我中心。我們何不來想想，我們沒有看見的那些部分是什麼呢？

最近我偶然讀到一句艾略特的詩，它說：「我是拉撒路（Lazarus），來自死境／我回來告訴大家，把一切告訴大家。」

拉撒路是《新約》裡進天堂的乞丐。乞丐進天堂，世俗裡的意義很明白，標示著一個較好社會最起碼該有的公平、正義原則。而乞丐與富人平等都進得了天堂，中國人有莊子的《齊物論》，離開以人為世界中心的眼光，拉遠，拉遠，拉遠到星球之外看回來，人與萬物一樣，不過都是一個存在。這樣的眼光，影響了人與人的關係，人與物的關係，人與大自然的關係，也影響了人與他自身內部的關係。拉撒路說他來自死境，回來告訴大家。死境，是一個隱喻（metaphor），可以暗示任何情況。其中一個暗示也許可以是，人們眼睛所沒有看見的那些部分。

拙作《荒人手記》中，死境的暗示也許可以是人的欲望的深淵，無法測試的深淵，我們站在懸崖邊朝下略一望，已經目眩神搖。這時候，是耶穌對撒旦發出的挑戰說了一句「不可試探主你的神」，那死境是不好去試探的。然而，明知山有虎，偏向虎山行，這是幹嘛，無聊送死嗎？是的，創作者就是這樣一群無聊送死的人。不論是好奇心促使，或是召喚（vocation）推動，他都要一探死境。而若僥倖不死，他從死境回來，要把他在那裡看見的告訴大家。在創作活動中，從死境回來，回來的這個姿態，這個行為，也許是最重要的部分。

回來的人，他將「同時以拋在背後的經歷，和此刻此地面對的實況，這兩種方式來看事情，他有著雙重視角（double perspective）。」回來的人，他知道邊境在哪裡。邊境之內是什麼，跨出邊境之外又是什麼。他知道，最大的張力都發生在邊境上。那些曖昧不明、自相矛盾、多重性、歧義性，一切的參差對照，都在邊境發生。回來的人因為深知邊境的界限在哪裡，知道多深，他去觸犯那界限的量度就有多深，他所撥動起來的力量就也有多深。創作者將永遠站在邊境上，以他的雙重視角，向邊境裡的人陳述著他所看見的事物。

以上，關於創作活動，和作為一個創作者，我也只能說到這裡了。

那麼《荒人手記》裡荒人的身份——gay的角色，他既是一個隱喻的形象，也整個是一則寓言（allegory）。至於他隱喻了什麼，寓言了什麼，應是開放給所有的閱讀者，我若對作品再多說什麼，充其量都是後見之明，跟我創作的當時其實風馬牛不相及。

不過，我可以說說一些自我期許，期許我自己，也帶點壓迫性的，期許今天有緣共聚一堂的我們大家。我期許自己終身做一名業餘者（amateur），在各個範圍、場合、境遇裡的業餘者。

講到業餘者，各位都知道了，業餘者與專業者的重新定義，來自薩依德（Edward W. Said）。他的書《知識份子論》（Representations of the Intellectual），我的妹妹小說家朱天心說，在讀的時候一路覺得，只要把知識份子一詞換成小說家，就是對她目前寫小說狀態最貼切的描述和說明。

薩依德說，業餘者只是為了喜愛，和澎湃的興趣。這些喜愛與興趣在於更遠大的景象，越過界線、障礙，拒絕被某個專長所束縛，也不顧一個行業的限制而喜好眾多觀念和價值。這裡，班雅明跟他是呼應的，總要把事物從一個實用計劃裡擺脫出來，恢復事物原有的初始性，獨特性，把新鮮空氣灌入思想行文中，是班雅明在作品裡想盡辦法要做的。

與業餘相對，專業化，意味著已忘記藝術或知識的源頭，磨滅了事物初始時的興奮感、發現感。陷入專業化，就是怠惰。薩依德說，今天對於知識份子的威脅，不是來自學院，也不是新聞業和出版業的商業化，而是專業態度。專業態度，意味著不破壞團體，不逾越公認的典範或限制，因而是沒有爭議性的，客觀的。專業化，是教育體系中一種普遍的工具性壓力，於是專業知識，和崇拜合格專家的做法，是戰後世界中一股特殊的壓力。專業化的再一個壓力是，專業人無可避免的流向權力和權威，流向被權力直接雇用。

薩依德提出，今天的知識份子應該是個業餘者。他選擇風險和不確定，而不是待在由專家和職業人士所掌握的內行人的空間裡。要維持知識份子相對的獨立，就態度而言，業餘者比專業人更好。我想說的是，如果我們所處的時代，已是高度資本主義下專業化的分工與分割，潮流所至，銳不可當，那麼我願意在裡面永遠當一名業餘者。

業餘者的眼光，他是薩依德的。加上人類學家遠方的眼光，他是李維史陀的。加上荒人的眼光，他是班雅明的。這些眼光匯聚起來的眼光，如果賦予它一個具體形象，它會是，「發達資本主義時代裡的抒情詩人」（A Lyric Poet in the Era of High Capitalism）。

我心目中的讀者是他。他注視的眼光，成為一位鑒賞家的眼光。我寫給這樣的鑒賞家看，以博取他的激賞為榮。

朱天文作品

文學創作

1977《喬太守新記》
1979《淡江記》
1981《傳説》
1983《小畢的故事》
1984《最想念的季節》
1985《三姊妹》
1987《炎夏之都》
1990《世紀末的華麗》
1991《朱天文電影小説集》
1992《下午茶話題》
1994《荒人手記》
1996《花憶前身》
2008《巫言》

電影編劇

1983《風櫃來的人》
1983《小畢的故事》
1984《冬冬的假期》
1984《小爸爸的天空》
1985《青梅竹馬》
1985《最想念的季節》
1985《結婚》
1985《童年往事》
1986《戀戀風塵》
1987《尼羅河的女兒》
1988《外婆家的暑假》
1988《悲情城市》
1993《戲夢人生》
1995《好男好女》
1996《南國再見，南國》
1998《海上花》
2001《千禧曼波》
2003《珈琲時光》
2005《最好的時光》
2007《紅氣球的旅行》

電影相關著作

1987《戀戀風塵——劇本及一部電影的開始到完成》
1989《悲情城市》
1993《戲夢人生——侯孝賢電影分鏡劇本》
1995《好男好女》
1998《極上之夢——「海上花」電影全紀錄》
2001《千禧曼波——電影原著中英文劇本》
2008《最好的時光》、《劇照會説話》

文學森林LF0006

荒人手記

朱天文

一九五六年生，十六歲發表第一篇小說，曾辦《三三集刊》，並任三三書坊發行人。長期與侯孝賢合作編寫電影劇本，三度獲得金馬獎最佳改編劇本獎及最佳原著劇本獎。文學創作不輟，為臺灣當代重要小說家，曾獲聯合報小說獎第三名、中國時報時報文學獎甄選短篇小說優等獎，一九九四年更以《荒人手記》獲時報文學百萬小說獎首獎。著有《淡江記》、《小畢的故事》、《炎夏之都》、《世紀末的華麗》、《荒人手記》、《巫言》等。

封面設計　王璽安
初版一刷　二〇一一年一月十二日
初版十刷　二〇二二年六月十日
定價　精裝典藏版新臺幣三六〇元
平裝新臺幣二八〇元

ThinKingDom 新經典文化
發行人　葉美瑤
出版　新經典圖文傳播有限公司
地址　臺北市中正區重慶南路一段五七號十一樓之四
電話　02-2331-1830　傳真　02-2331-1831
讀者服務信箱　thinkingdomtw@gmail.com
部落格　http://blog.roodo.com/thinkingdom

總經銷　高寶書版集團
地址　臺北市內湖區洲子街八八號三樓
電話　02-2799-2788　傳真　02-2799-0909
海外總經銷　時報文化出版企業股份有限公司
地址　桃園市龜山區萬壽路二段三五一號
電話　02-2306-6842　傳真　02-2304-9301

荒人手記 / 朱天文作. -- 初版. -- 臺北市：新經典圖文傳播, 2011.01
面；　公分. --（文學森林；LF0006）
ISBN 978-986-86318-6-1（平裝）
ISBN 978-986-86318-8-5（精裝）

857.7　　99024656

First published in Taiwan, January 2011
Jacket design by Sean Wang

Printed in Taiwan